JN108160

ウィリアム・ウェントン 3

ピラミッドの暗号

ボビー・ピアーズ　堀川志野舞◎訳

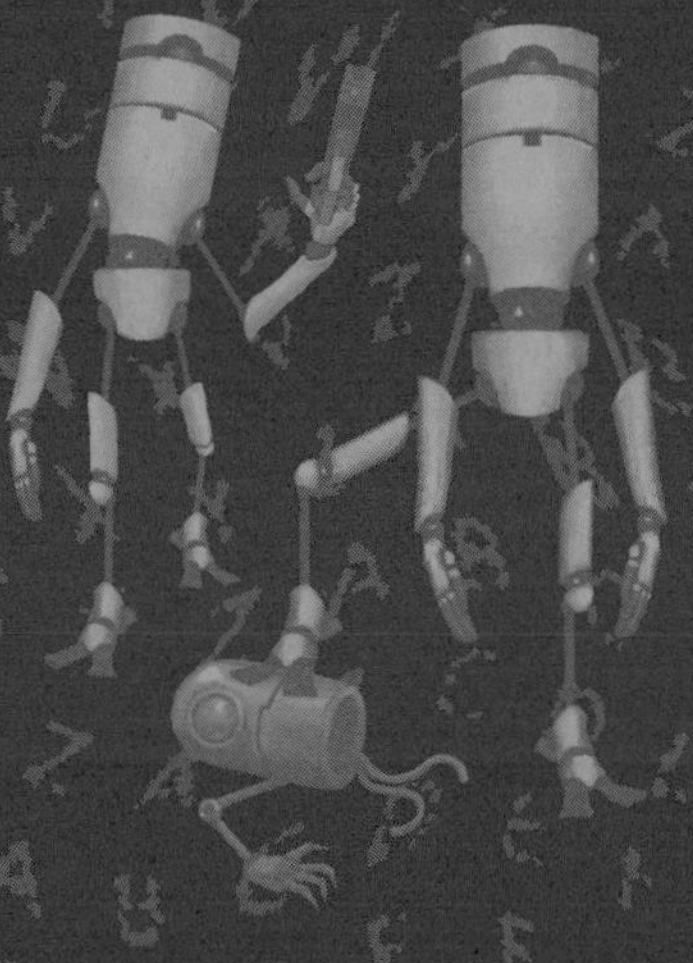

静山社

アレクサンダーと、本に対するその愛に

WILLIAM WENTON AND THE LOST CITY
by Bobbie Peers

Copyright © Bobbie Peers 2017

Published by agreement with Salomonsson Agency
Japanese translation rights arranged
through Japan UNI Agency,Inc.

カバーイラスト◎カガヤケイ
ブックデザイン◎藤田知子

ウィリアム・ウェントン３　**ピラミッドの暗号**　目次

おもな登場人物

◉ウィリアム・ウェントン……知的金属〈ルリジウム〉を体内にもつ、暗号解読《かいどく》の天才少年

◉トバイアス・ウェントン……ウィリアムの祖父《そふ》。亡《な》くなってからは、メモリースティック内に存在《そんざい》している

◉フリッツ・ゴッフマン……〈ポスト・ヒューマン研究所〉の創設者《そうせつしゃ》のひとり。現在は所長

◉ベンジャミン・スラッパートン……〈ポスト・ヒューマン研究所〉の教師

◉イスキア……〈ポスト・ヒューマン研究所〉で活動している少女

◉フィリップ……オービュレーター・エージェントと呼《よ》ばれる者

◉ウェルクロウ……〈ポスト・ヒューマン研究所〉の創設者《そうせつしゃ》のひとり。現在は〈誤報《ごほう》センター〉局長

◉エイブラハム・タリー……知的金属〈ルリジウム〉に支配《しはい》された男

◉コーネリア・ストラングラー……エイブラハムの血を引く、機械仕掛《じか》けの手をもつ女

ロンドン、ビッグベン

堂々《どうどう》たるほかの建築物《けんちくぶつ》よりも高く、世界的に有名な時計塔《とけいとう》が黒くそびえ立っている。時計の文字盤《もじばん》は、灰色《はいいろ》の月明かりを反射《はんしゃ》している。その巨大《きょだい》な針《はり》は三時半を知らせている。いまロンドンはしんと静まり返り、通りに立っていても上空の塔《とう》で動く時計仕掛《じか》けの音まできこえそうなほどだ。だが、夜の暗闇《くらやみ》の中で、時を刻《きざ》む音はすぐに別の音にかき消された。

足音だ。

街灯のうす明かりが作りだす人影《ひとかげ》が、足音に合わせて次第に大きくなっていく。やがて背《せ》の高い人物が現《あらわ》れて、ビッグベンを取り囲《かこ》むフェンスの前で足を止めた。

つばの広い帽子《ぼうし》をかぶり、丈《たけ》の長いオーバーコートを着た男だ。男は時計の文字盤《もじばん》を見あげると、一瞬《いっしゅん》ぴたりと動きを止めた。その姿《すがた》はまるで暗い通りに立つ銅像《どうぞう》のようだ。と、男は軽やかに飛びあがってフェンスを越《こ》えると、時計塔《とけいとう》の壁《かべ》へとずんずん近づいていく。ポケットをごそごそ探《さぐ》り、ようやく目当ての物を見つけたらしい。マッチ箱ほどの小さな金属製《きんぞくせい》のドアだ。

男は青白い手でざらりとした石灰岩《せっかいがん》の壁《かべ》をなでると、その壁《かべ》がまるで磁石《じしゃく》でできているかのように、金属製《きんぞくせい》の小さなドアを取り付けた。カチカチと音を立てる機械的な動きとともに、金属《きんぞく》のドアは変形しはじめ、どんどん大きくなっていき、ついには普通《ふつう》のドアと同じサイズにまでなった。

男は用心深くあたりを見まわしたあとでドアをあけると、中に入ってドアを閉《し》めた。少しすると、またドアが開き、あの男が出てきた。両手に何かを抱《かか》えている。汚《よご》れた布《ぬの》にくるまれていて、重そうだ。

男はドアを閉《し》めた。ドアは縮《ちぢ》み、男は小さくなったドアをまた壁《かべ》からはずした。そしてポケットに戻《もど》すと、もう一度あたりを見まわしたあと、ふたたびフェンスを跳《と》び越《こ》えて闇《やみ》の中へと姿《すがた》を消した。

足音が遠ざかっていき、やがて何もきこえなくなった。さっきよりも、さらにしんとしている。

ビッグベンが止まっていた。

イギリスの〈ポスト・ヒューマン研究所〉にある秘密《ひみつ》の管制《かんせい》センターでは、赤いアラームライトが点滅《てんめつ》しはじめていた。ライトの下のラベルには「ロンドン、ビッグベン」とある。おびえた様子の技術者《ぎじゅつしゃ》が顔をあげた。飲んでいたコーヒーにむせて激《はげ》しく咳《せ》き込《こ》みながらも、その目は点滅《てんめつ》するアラームの光に釘付《くぎづ》けになっている。

「ゴッフマンを呼《よ》べ」技術者《ぎじゅつしゃ》の声は震《ふる》えていた。「いますぐに！」

第一章

謎《なぞ》の郵《ゆう》便《びん》配《はい》達《たつ》人《にん》

「ウィリアム……」と声がした。

ウィリアムは寝返《ねがえ》りを打ち、枕《まくら》の下に頭をもぐりこませた。

「ウィリアム……」その声はくり返した。「起きる時間だ」

「あとちょっとだけ。あとちょっと……」ウィリアムはうめいた。

「ウィリアム、起きろ！」

ウィリアムは起きあがり、あたりを見まわした。寝癖《ねぐせ》頭で、鉛《なまり》のように重いまぶたをこじあけて、うっすら目をあけている。ベッドサイドの棚《たな》に置いたノートパソコンをチラリと見やる。

画面からおじいちゃんがほほえみかけていた。

「時間どおりに起こさないと、おまえの母さんに文句《もんく》を言われるからな。どれだけ疲《つか》れていても、起きてもらうぞ」おじいちゃんは言った。

「うん、だよね……」ウィリアムはもごもご返事をすると、ベッドから足をおろした。床《ゆか》は冷たく、もう一度布団《ふとん》の中にもぐりこみたくなってしまう。時々《ときどき》、おじいちゃんはコンピューターのプログラムとして存在《そんざい》できてラッキーだな、と思うことがある――朝、起きなくていいんだから。

「十九分以内に家を出ないと」おじいちゃんは言った。

ウィリアムはあわててベッドを飛びだし、服を探《さが》す。

父さんも母さんも働いているから、ウィリアムが学校に遅刻《ちこく》しないようにするのはおじいちゃんの役目だ。研究所がくれた外骨格《エキソスケルトン》のおかげで、父さんは車椅子《くるまいす》がなくても動き回れるようになり、いまでは地元の博物館で働いている。一年ちょっと前、ウィリアムが世界一難《むずか》しい暗号を解《と》いて、人生がガラッと変わるきっかけになった、あの博物館だ。

「あと何日?」頭からセーターを引っぱりおろしながら、ウィリアムはたずねた。

このやりとりは、ふたりのあいだで毎朝くり返されていた。ウィリアムは質問《しつもん》の答えを知っていたけれど、それでもおじいちゃんに言ってほしかった。研究所に戻《もど》るのが待ちきれない。

「あと十一日だ」おじいちゃんはほほえんだ。「それと、バスが出発する時間まで、あと十五分だぞ。もうシャットダウンしないと」

ウィリアムはノートパソコンに近づいた。

第一章　謎の郵便配達人

「よい一日を。問題を起こすんじゃないぞ」そう言って、おじいちゃんはウインクしてみせた。

「おじいちゃんもね」ウィリアムは手をふった。パソコンの電源《でんげん》を落としてUSBメモリースティックを引き抜《ぬ》くと、おじいちゃんからゆずりうけた大きな机《つくえ》に向かう。メモリースティックをそっと引き出しにしまい、小さな鍵《かぎ》をかけた。

十分後、ウィリアムは玄関《げんかん》から通りへと走っていた。急いでバターを塗《ぬ》っておいたパンを大きくひと口かじりながら歩道に出ると、ぴたっと足を止めた。目の前に男の人が立っている。赤い制服《せいふく》に帽子《ぼうし》を深くかぶっていて、まびさしで顔が隠《かく》れている。手には灰色《はいいろ》の小包を抱《かか》えている。

「ウィリアムかい？」男の人はきいた。

ウィリアムはためらった。

「ウィリアム・ウェントン？」男の人は一歩近づき、くり返した。

男の人が歩いたとき、カチカチと音がした。ウィリアムは相手の靴《くつ》を見おろした。白と黒の靴《くつ》。タップダンス用の靴《くつ》だろうか？

ウィリアムはあたりを見わたした。古くてへこみのある赤い郵便配達車《ゆうびんはいたつしゃ》が駐《と》まっているだけで、通りにはほかに誰《だれ》もいない。

「ウィリアム・ウェントン宛《あて》のとても大切な速達便なんだが。きみがウィリアム？」男の人はそう言った。

ウィリアムは口の中のバター付きパンをなんとか飲みこんだあとで、「そうだけど」と答えた。

「何か身分証明書《みぶんしょうめいしょ》はあるかな？」郵便配達人《ゆうびんはいたつにん》はきいた。

「えっと」ウィリアムはポケットに手をつっこんで、バスの定期券《ていきけん》を引っぱりだす。

「写真付きの身分証《みぶんしょう》はない？」

「そこにぼくの名前が書いてある」ウィリアムは指さした。

郵便配達人《ゆうびんはいたつにん》はなにやらもごもご言いながら、小包をわきにそっとはさむと、バスの定期券《ていきけん》をまじまじ確《たし》かめた。

「いいだろう」少しすると、郵便配達人《ゆうびんはいたつにん》はそう言って、一歩さがった。「きみを信じよう。きみにやっと会えて光栄だ、若《わか》きマスター・ウェントン」おじぎをして、歩道に靴《くつ》を二度打ち鳴らす。それからウィリアムに定期券《ていきけん》を返し、小包を差しだした。「きみ宛《あて》だ」

ウィリアムは小包を受け取ると、ずっしり重くて驚《おどろ》いた。

「中身はなんだろう?」ウィリアムは小包を軽く揺《ゆ》すった。

「気をつけて。取扱《とりあつか》いに注意が必要な品だ。それと、ひとりのときに開封《かいふう》すること」郵便配達《ゆうびんはいたつ》人《にん》は言った。

「ひとりのとき?」ウィリアムは郵便配達人《ゆうびんはいたつにん》の目をのぞき込《こ》もうとしたけれど、まびさしの影《かげ》に隠《かく》れて、やっぱり顔が見えない。

「そう、ひとりきりのときに。これはふたりで踊《おど》るダンスじゃないんだ」

通りをバスがやってくる音がきこえてきた。

「もう行かなきゃ」ウィリアムはバス停《てい》に向かって走りだした。

「忘《わす》れないでくれよ、取扱《とりあつか》いに注意だ!」後ろから郵便配達人《ゆうびんはいたつにん》がそうさけんでいた。

ウィリアムがバス停《てい》に着くのと同時に、バスのドアが開いた。乗り込《こ》みながら、家の前の通りをふり返る。郵便配達人《ゆうびんはいたつにん》はまだ同じ場所に立っていて、こっちをじっと見つめていたが、ウィリアムが席に座《すわ》ってバスが家の前を通り過《す》ぎる頃《ころ》には、謎《なぞ》めいた男はいなくなっていた。

第二章

火災《かさい》発生!?

ハンバーガー先生はホワイトボードの前を行ったり来たりしている。

「火災警報《かさいけいほう》が鳴ったら……」先生はそこで口をつぐみ、厳《きび》しい目つきで生徒たちを見やった。

「全員が規則正《きそくただ》しく起立して、一列になって教室を出ること」

ウィリアムは先生の話に集中しようとした。だけど気づくと、バックパックに入っている謎《なぞ》の小包のことを考えてしまっている。

「クラスごとに校庭に集合し、消防隊《しょうぼうたい》の到着《とうちゃく》を静かに待つように」ハンバーガー先生は話を続けた。

授業《じゅぎょう》がなくなるから、生徒たちは防火《ぼうか》訓練をいつも楽しみにしている。今日は実際《じっさい》に消防隊《しょうぼうたい》がやって来る予定なので、なおさらわくわくしている。

ハンバーガー先生は壁《かべ》にかかっている時計をチラッと見あげた。

秒針《びょうしん》が十二を指すと、廊下《ろうか》の警報《けいほう》が鳴り響《ひび》きはじめた。椅子《いす》で床《ゆか》をこすりながら、生徒がいっせいに立ちあがる。

「落ち着いて」ハンバーガー先生は両手を使って生徒たちを指導《しどう》した。

誰《だれ》がいちばんにクラス全員を校庭に避難《ひなん》させられるか、先生たちが競い合っていることをウィリアムは知っていた。

ハンバーガー先生は小走りでドアへと向かい、生徒たちに呼《よ》びかけた。「みんな並《なら》んで。荷物は教室に置いたままでいい。あとで戻《もど》ってくるから」

ウィリアムはかがみ込《こ》み、バックパックからそっと小包を取りだすと、ジャンパーの下に隠《かく》した。この防火《ぼうか》訓練は渡《わた》りに船だ。こっそり抜《ぬ》けだしても、誰《だれ》にも気づかれないだろう。あの謎《なぞ》めいた男の人から受け取った物がなんなのか、確《たし》かめないと。

「全員、進め！」ハンバーガー先生はさけぶと、ホイッスルをくわえて思い切り吹《ふ》き鳴らし、ピッピッと拍子《ひょうし》を取りながら生徒たちを教室から連れだした。みんな先生のあとをついていき、さびしいパレードみたいに廊下《ろうか》を行進していく。進んでいくうちに、ほかのクラスの生徒たちも続々《ぞくぞく》と教室から出てきた。ハンバーガー先生は焦《あせ》り、ホイッスルのリズムを早め、生徒たちは遅《おく》れないようついていく。

ウィリアムは廊下《ろうか》を見わたした。隠《かく》れるなら、いまだ。職員室《しょくいんしつ》のドアはあけっぱなしになっている。中には誰《だれ》もいない。ウィリアムは周囲《しゅうい》をすばやく見まわすと、列からはずれて職員室《しょくいんしつ》にもぐり込《こ》んだ。ハンバーガー先生のホイッスルの音が遠ざかっていく。

ウィリアムは完全に静かになるまで待った。窓《まど》に近づき、外の様子をうかがう。消防車《しょうぼうしゃ》が三台、校庭に入ってきた。ハンバーガー先生が両手をふって消防車《しょうぼうしゃ》を先導《せんどう》しようとしていたけれど、運転手は先生を無視《むし》してまるっきり別の場所に駐車《ちゅうしゃ》した。

ホッと息を吐《は》き、ウィリアムはソファに腰《こし》かけた。目の前のコーヒーテーブルに小包を置くと、少しのあいだじっと見つめていた。

ソファのへりにお尻《しり》をすべらせ、結び目をほどき、分厚《ぶあつ》い灰色《はいいろ》の包み紙をそっと開いていく。郵便配達人《ゆうびんはいたつにん》の言葉を思いだす――取扱《とりあつか》いに注意が必要な品だ。

心臓《しんぞう》がバクバクしている。包装紙《ほうそうし》は何重にも重なっていたけれど、だんだん中身が見えてきた。

金属製《きんぞくせい》のピラミッド。

その表面は奇妙《きみょう》な幾何学模様《きかがくもよう》で埋《う》め尽《つ》くされ、白い光が明滅《めいめつ》している。

すぐさま、ウィリアムの体にいつもの震《ふる》えが走った。お腹《なか》から始まって、背筋《せすじ》を駆《か》けのぼっていく。ウィリアムの頭の中で、ピラミッドに刻《きざ》まれたシンボルが金属《きんぞく》の表面から引きはがされて、目の前の空中に浮《う》かんでいる。

暗号だ。

このピラミッドは暗号なんだ！

ソファに背《せ》をもたれると、宙《ちゅう》に浮《う》いていたシンボルは元の場所に戻《もど》った。暗号を解《と》きたい、だけど怖《こわ》い。この前は、何も知らないまま暗号を解《と》いたら、ヒマラヤにある秘密《ひみつ》の入口を作動させることになったのだ。

あんな失敗をくり返すつもりはない。まずはおじいちゃんに相談しないと。ピラミッドを包み直そうとしたとき、ドアがさっと開き、ハンバーガー先生が駆《か》け込《こ》んできた。

「見つけたぞ！　おまえのせいでクラス対抗《たいこう》の整列競争に負けたじゃないか！　ここで何をしてるんだ？」先生はピラミッドに目を留《と》めた。「それは？」

ウィリアムに返事をする間も与《あた》えず、ハンバーガー先生はピラミッドをひったくった。

「待って、乱暴《らんぼう》に扱《あつか》わないで……」

ピラミッドが火花を散らしはじめ、先生は悲鳴をあげてコーヒーテーブルに戻《もど》した。

「どうなってる？　止めなさい！」あとずさりしながらわめいている。

ハンバーガー先生は壁《かべ》に張《は》りつき、じっと立ち尽《つ》くしている。

ピラミッドは火花を散らしつづけ、振動《しんどう》しながらテーブルの上を動いている。ウィリアムは手を伸《の》ばしたけれど、ピラミッドは床《ゆか》に落ちて、ハンバーガー先生のほうへと近づいていく。

「何がしたいんだ？　なんでそいつは私《わたし》を追いかけてくる？」ハンバーガー先生は壁《かべ》にぴたりと張《は》りついて、口ごもりながら言う。

「誰《だれ》かを追いかけてるわけじゃなさそうです」ウィリアムは立ちあがった。

ピラミッドは振動《しんどう》をやめ、ハンバーガー先生の足元で止まった。

先生は顔に汗《あせ》をかき、金魚みたいに口をパクパクさせている。

「触《さわ》らないで」ウィリアムはじりじりと慎重《しんちょう》に近づいていく。

「ウィリアム、ただで済《す》むとは思うなよ」ハンバーガー先生は怒鳴《どな》った。「もう終わりか？」

先生は足を伸《の》ばすと、ピラミッドを蹴《け》った。

「だめだ、待って」ウィリアムは言った。

ピラミッドは耳をつんざくような音を響《ひび》かせ、火花の柱を発した。

いまやハンバーガー先生はすっかりパニックに陥《おちい》っている。ピラミッドを飛び越《こ》え、全力疾《しっ》走《そう》で窓《まど》へと向かうと、ぐいっと引きあけた。窓《まど》の外に顔を突《つ》きだし、大声でさけんでいる。

「たいへんだ！　火事だ！」

第二章　火災発生!?

校庭に立っているみんなが窓《まど》を見あげた。

「**火事だ……こっちは本物の火事なんだ！**」

消防士《しょうぼうし》がこっちを向き、抱《かか》えているホースを窓《まど》に向けた。

ハンバーガー先生は息を切らし、もう一度さけぼうとしたが、疲労《ひろう》とパニックでもう声が出ない。代わりに、両腕《りょううで》をバタバタと振《ふ》り動かしている。

消火ホースから勢《いきお》いよく水が噴出《ふんしゅつ》し、ハンバーガー先生の胸《むね》を直撃《ちょくげき》した。先生は後ろに吹《ふ》き飛ばされ、窓《まど》から少し離《はな》れたところに仰向《あおむ》けにひっくり返った。ウィリアムは駆《か》け寄《よ》って助け起こそうとしたけれど、先生はウィリアムを押《お》しのけ、自力であわてて立ちあがった。

「避難《ひなん》しないと！　屋上にのぼるしかない」ハンバーガー先生はびしょぬれになったシャツを脱《ぬ》ぎながらわめいた。

「そんなの無茶だ！」ウィリアムはさけんだが、先生は取り合わない。

「訓練を積んできたからな」先生はそう言うと、顔に濡《ぬ》れたシャツを押《お》しあてながら、廊下《ろうか》に飛びだした。

ウィリアムは立ち尽《つ》くしている。ピラミッドをふり返って見ると、いまでは床《ゆか》の上でぴくりとも動かない。

外に出ると、みんなはウィリアムが出てきたばかりの校舎《こうしゃ》を見あげていた。ピラミッドはジャンパーの下にしまい、両手で守って角ばったふくらみを隠《かく》している。屋上を見あげると、両手をふっているハンバーガー先生の姿《すがた》が目に留《と》まった。裸《はだか》の胸《むね》が日射《ひざ》しを浴びて光っている。消防士《しょうぼうし》たちは巨大《きょだい》なトランポリンみたいなものを抱《かか》えている。校舎《こうしゃ》に駆《か》け寄《よ》ると、ハンバーガー先生が立っている場所の真下で止まった。

「**飛び降《お》りるしか逃《に》げ場はない！**」先生はさけんだ。

「いや、待ってくれ」消防士《しょうぼうし》のひとりが大声で止めた。別の消防士《しょうぼうし》が校舎《こうしゃ》の正面玄関《げんかん》から出てきて首をふった。「火事じゃない。誤報《ごほう》だ」

けれど、ハンバーガー先生はきいちゃいない。屋上のへりに立つと、ダイビング競技《きょうぎ》の選手みたいに両手を宙《ちゅう》に伸《の》ばした。

そして、先生は完璧《かんぺき》なスワンダイブで飛び降《お》りた。みんなはハッと息をのみ、消防士《しょうぼうし》が抱《かか》えている安全ネットめがけて落ちてくるハンバーガー先生を目で追った。水を半分まで入れた風船みたいに、丸々《まるまる》したお腹《なか》が風に波打っている。

べちゃっとぬれた音を立てて、ハンバーガー先生はお腹《なか》から着地した。

第三章　おがくずだらけの家

ウィリアムは車の後部座席《ざせき》に座《すわ》り、通り過《す》ぎていく建物をながめている。雨が降《ふ》っていた。車の内側の窓《まど》が曇《くも》っているせいで、外の世界が取るに足りない遠いものに感じられる。

「あの先生、どういう神経《しんけい》してるのかしら」母さんはブツブツ言いながら、指の関節が白くなるほど力いっぱいハンドルを握《にぎ》りしめている。

「ギアを入れ替《か》えるんだ」父さんが言い、変速レバーを示《しめ》した。

「それに、あの校長ったら！」母さんは怒《いか》りを込《こ》めてささやいた。

ウィリアムと両親は、さっきまで校長室にいた。校長室でハンバーガー先生は大騒《おおさわ》ぎして、防火《ぼうか》訓練中に起きたことはウィリアムのせいだと責《せ》めた。ウィリアムをいますぐ退学処分《たいがくしょぶん》にしなければ、学校の対応《たいおう》のまずさを訴《うった》えると言った。校長はいつものように問題を避《さ》けて通ろうとするだけで、おかげで母さんはますます怒《いか》りくるった。

「急がないと」父さんが外骨格《エキソスケルトン》のバッテリー残量表示《ひょうじ》に目をやりながら促《うなが》した。「充電《じゅうでん》が八パーセントしか残ってない。いますぐギアを入れ替《か》えてくれ」

「あのバカな教師《きょうし》が屋上からスワンダイブしたことで、どうしてウィリアムが責《せ》められなきゃならないの？」母さんはギアを入れ替《か》えないまま、話を続けた。

ウィリアムは座席《ざせき》の横に置いてあるバックパックに目をやった。中にはあの小包が入っている。早くおじいちゃんに見せたい。あれがなんなのか、きっとわかるのはおじいちゃんしかいない。

「あんな人、クビにするべきよ」母さんは急ハンドルを切り、車は曲がってドライブウェイに入り、停止《ていし》した。

母さんはシートベルトをはずして車を降《お》りようとしたけれど、何かに気づいて動きを止めた。母さんは家を見つめている。

「ねえウィリアム、今朝はあなたが最後に家を出た？」母さんはたずねた。

「うん。なんで？」ウィリアムは顔をあげた。

「玄関《げんかん》のドアがあいてるわ」

ウィリアムは身を乗りだした。本当だ。玄関《げんかん》があけっぱなしになっている。

「絶対《ぜったい》に鍵《かぎ》をかけたよ」ウィリアムは言った。

第三章　おがくずだらけの家

「それに、あれは何?」母さんはキッチンの窓《まど》を指さしている。

ウィリアムはさらに前のめりになると、曇《くも》ったフロントガラスの向こうに目を凝《こ》らした。キッチンの窓《まど》の内側に、何やら茶色いものが見える。

「上もよ」母さんは二階の窓《まど》を指さして言った。「どの窓《まど》も同じだわ。家の中で何があったの?」

「確《たし》かめよう……」父さんがドアをあけて車から降《お》りた。「ここで待ってなさい」そう言って、重たい外骨格《エキソスケルトン》の音を響《ひび》かせながら、ドライブウェイを進んでいく。

ウィリアムは玄関《げんかん》に向かっていく父さんの姿《すがた》を見つめた。父さんは本気で家の中に入るつもりだろうか?　たったひとりで?

「アルフレッド……」母さんが車を降《お》りながら呼《よ》びかけた。「ねえ、警察《けいさつ》を呼《よ》びましょう」

父さんは構《かま》わず家の中に入った。

ウィリアムは母さんのあとを追いかけた。ふたりは玄関《げんかん》の手前で足を止めた。父さんが家の中を調べて回る音がきこえる。その音はやがて小さくなった。

「ぼくも中に入って、確《たし》かめてくるよ。バッテリーが切れて、父さんは動けなくなってるのかも」ウィリアムは言った。

「いっしょに行きましょう」母さんは言い、ドアを全開にした。

ふたりは入ってすぐの廊下《ろうか》で立ち止まり、目を見開いた。

窓《まど》に見えたあの茶色いものが、父さんの膝《ひざ》の高さまで、床一面《ゆかいちめん》を覆《おお》いつくしている。おがくずか、かんなくずか……家中が削《けず》りくずで覆《おお》われている。

「父さん？」ウィリアムはささやいた。

けれど、父さんは返事をしない。

まるで削《けず》りくずが家中の音という音を吸収《きゅうしゅう》しているみたいで、自分の声がきこえているのかさえもわからない。ウィリアムは廊下《ろうか》を進みはじめた。

正面に立っている父さんは、凍《こお》りついたようにリビングルームの中にある何かを見つめている。

ウィリアムは父さんの数メートル手前で立ち止まった。

「父さん？」おそるおそる声をかける。

「こんなもの、生まれてこのかた見たことがない……」父さんはつぶやいた。

ウィリアムは近づいていって父さんと並《なら》んで立つと、リビングルームをのぞき込《こ》んだ。

家具がすっかりなくなっている。吹雪《ふぶき》にでもあったかのように、削《けず》りくずが窓辺《まどべ》に深々《ふかぶか》と吹《ふ》き寄《よ》せられている。

「何があったの？」ウィリアムは問いかけた。

「わからない」父さんは身をかがめると、削《けず》りくずをひと握《にぎ》りつかみ取り、指先でふるい分けた。

「家具がぜんぶパルプになったみたいだな」父さんは考えにふけっている。

「パルプになった？　どういうこと？」

「粉々《こなごな》に破壊《はかい》されたってことだ」父さんは答えた。「つまり、ここにあったものはぜんぶなくなったわけだ……」

とつぜん、ウィリアムの頭に恐《おそ》ろしい考えが浮《う》かんだ。

「そんな！」ウィリアムはきびすを返し、階段《かいだん》へと走った。

「待ちなさい」後ろから父さんが呼《よ》びかけている。

でも、ウィリアムはもう二段《だん》飛ばしで階段《かいだん》を駆《か》けあがっていた。自分の部屋に駆《か》け込《こ》み、足を止める。

ウィリアムの部屋も、家の中のほかの部屋と同じありさまだった。床《ゆか》は削《けず》りくずに厚《あつ》く覆《おお》われている。ベッド、椅子《いす》、本棚《ほんだな》、おじいちゃんからゆずり受けたあの大きな机《つくえ》も、何もかもなくなっていた。すべてがただのおがくずになっている。

「いやだ……いやだ……いやだ……！」ウィリアムはくり返しながら、机《つくえ》があったはずの場所へ近づいていく。

ひざまずき、削《けず》りくずの中を掘《ほ》り返しはじめた。だけど、無駄《むだ》だった。ウィリアムの心は沈《しず》んだ。

机《つくえ》はなくなってしまった……。

机《つくえ》といっしょに、おじいちゃんが入っているメモリースティックも。

背後《はいご》から父さんの声がした。「ウィリアム、行くぞ！　急ごう！」

第四章　ふたつの星

ウェントン一家は高速道路で車を飛ばしていた。警察《けいさつ》に通報《つうほう》するのは危険《きけん》すぎるわ、と母さんは言った。家をめちゃくちゃに破壊《はかい》してしまうような相手なら、戻《もど》ってきてもっとひどいことだってできるはず。警察《けいさつ》では太刀《たち》打《う》ちできない。

「とにかくいまは逃《に》げて、大至急《だいしきゅう》で研究所に連絡《れんらく》を取るのがいちばんだ」父さんは言った。

ウィリアムは震《ふる》えていたが、頭を働かせる必要があった。本当にあのメモリースティックが破壊《はかい》されてしまったのなら、おじいちゃんは消えてしまったということだろうか?

「おじいちゃんのことは心配するな」父さんはウィリアムの心を読んだように言った。「バックアップを作動させればいい」

ウィリアムは息をついた。

「そうするには、研究所に行かないと。だいじょうぶだよ、ウィリアム、おじいちゃんはすぐに戻《もど》ってくる」

ウィリアムは座席《ざせき》に沈《しず》み込《こ》んだ。父さんの言葉のおかげで落ち着いたけれど、罪悪感《ざいあくかん》は消えなかった。メモリースティックの管理はウィリアムに責任《せきにん》があった――おじいちゃんはぼくを信頼《しんらい》してくれていた――なのに、失望させてしまったみたいだ。

そのことは考えないようにした。家で起きたことをふり返る。いったい誰《だれ》が家中をめちゃくちゃにしたんだろう？　なんのために？　謎《なぞ》の小包を握《にぎ》る手にさらに力を込《こ》めた。今回の出来事は、あの小包になんらかの関係があるという胸騒《むなさわ》ぎがしている。

だんだんまぶたが重くなってきて、ウィリアムはいつしか眠《ねむ》りに落ちた……顔のない郵便配《ゆうびんはい》達人《たつにん》が踊《おど》りながらウィリアムをつかまえ、重たいピラミッドを足に鎖《くさり》でつないだ。ウィリアムがピラミッドから逃《のが》れるには、暗号を解読《かいどく》するしかない。とはいえ、あまり時間はない。ピラミッドは時限爆弾《じげんばくだん》だ。気づくとウィリアムは半裸《はんら》のハンバーガー先生に囲《かこ》まれている。ハンバーガー先生の集団《しゅうだん》は、悪意のこもった冷たい笑みを浮《う》かべながら、次第に迫《せま》ってくる。ウィリアムは一歩あとずさりして、自分が崖《がけ》っぷちに立っていることにふいに気づいた。どこからともなく機械仕掛《じか》けの手が現《あらわ》れて、最後のひと押《お》しでウィリアムをちょんと突《つ》っつく。それでじゅうぶんだった。ウィリアムは落下した。

ハッと目を覚まし、あたりを見まわした。

ウィリアムはいまも車の後部座席《ざせき》に座《すわ》っていた。車は猛《もう》スピードで走っている。どれぐらい眠《ねむ》っていたのかわからないけれど、ずいぶん経《た》ったらしい、もう外は真っ暗だ。

両親は小声で話し合っているところで、ウィリアムが目を覚ましたことに気づいていないようだ。

「……でも、とにかく連絡《れんらく》してみるわけにはいかないの？」母さんがたずねた。

「明日まで待とう。考える時間がほしい」父さんが答えた。

「考えるって、何を？」母さんはいらだっている。「ひと晩《ばん》中、ひたすらドライブを続けるつもり？　それに、あなたの充電《じゅうでん》は切れてるじゃない。車から降《お》りることさえできないのよ。空港へ向かって、研究所を訪《たず》ねるべきだわ。いまはあそこがどこよりも安全な場所でしょう」

父さんは返事をせず、車の前方に広がる暗闇《くらやみ》の中をじっと見つめている。

「車を止めてくれる？　トイレに行きたいんだ」ウィリアムは言った。

父さんはバックミラーに映《うつ》るウィリアムを見やった。

「どうしてもか？」

ウィリアムはうなずいた。

「わかった、でも急ぐんだぞ。できるだけ遠くに行かないと」

「もうずいぶん遠くまで来たわ」母さんが言い、闇《やみ》のずっと先まで果てしなく広がっている小麦畑を見わたした。

母さんはスピードを落とし、車を路肩《ろかた》に寄《よ》せた。

「車からあまり離《はな》れないでね」ウィリアムがドアをあけて車を降《お》りるとき、母さんは命じた。

ウィリアムは上着の前をしっかりあわせて、畑の中にずんずん入っていく。冷たい風に鼻がツンとなった。雲はなく、満天の星が輝《かがや》いている。

エンジンの低いうなりを背後《はいご》にして歩いていくと、やがて風と小麦のすれ合う音しかきこえなくなった。

急に地球上にいるのは自分だけになったような感じがした。星空を見あげ、あのどこかにフレディがいるんだろうかと思った。フレディはウィリアムと同じく研究所の候補生《こうほせい》だったが、エイブラハム・タリーとともにクリプトポータルをくぐり抜《ぬ》けて消えてしまった。ふたりはいま、いっしょにいるんだろうか？　エイブラハムとふたりきりなんて、考えうる最悪の事態《じたい》だ。体内にルリジウムが存在《そんざい》するのは、ウィリアムのほかには、世界でエイブラハムひとりだけだ。けれどウィリアムとは違《ちが》って、エイブラハムはあの知的金属《きんぞく》の持つ力を自分のために利用しようとした。地球にルリジウムを帰還《きかん》させるため、クリプトポータルをくぐり抜《ぬ》けたのだ。ウィ

第四章　ふたつの星

リアムは夜空に視線《しせん》をすべらせた。エイブラハムの協力者であるコーネリア・ストラングラーは、姿《すがた》を消す前に、エイブラハムがいずれ戻《もど》ってくると誓《ちか》った。いま起きていることは、エイブラハムに何か関係があるのかもしれない。

ウィリアムは歩きつづけ、木々《きぎ》の先端《せんたん》の低いところに位置するふたつの星に目を留《と》めた。ふたつの星はほかの星よりも明るく輝《かがや》いている。

「あまり遠くに行かないで、ウィリアム」背後《はいご》のどこからか母さんが呼《よ》びかけてきた。

いまやウィリアムは畑の中心部まで来ていた。バックパックの中の奇妙《きみょう》なピラミッドと、家で起きたことは、なんらかの関連がありそうに思えてしょうがない。

ウィリアムは顔をあげた。木々《きぎ》の先端《せんたん》に見えるふたつの星は、明るくきらめいている。ウィリアムはギョッとした。あの星、大きくなってないか？

どこか近くで、ゴトゴトと低い音がしている。

芝刈《しばか》り機みたいな音だ。それに、だんだん大きくなってくる。ウィリアムは周囲《しゅうい》を見まわした。あたりはいまも真っ暗でひとけがないが、あのふたつの星はさらに大きくなっている……まるで、近づいてきているみたいに。

ウィリアムは星から目を離《はな》さずに、小麦畑をあとずさりした。

あれは星のはずがない。近づいてくると、ふたつのまばゆいライトだとわかった。ウィリアムはあとずさりするスピードを次第にあげていく。

ライトは動きを止め、宙《ちゅう》に浮《う》かんだままでいる。

ウィリアムは固まった。

身じろぎもしなかった。

ひとつのことだけを考えていた。どうかエイブラハム・タリーじゃありませんように……どうかエイブラハム・タリーじゃありませんように……どうか……

とつぜん、あたり一面が光に照らされた。

ウィリアムはくるりと向きを変え、車に向かって走ると、ドアをあけてあわてて乗り込《こ》んだ。

「走って！」ウィリアムはさけんだ。

第五章

空飛ぶ車

ウィリアムはリアウィンドウをのぞき込《こ》み、追いかけてくるライトを見つめている。

「あれはなんなの？」母さんが大声で言った。

「いいから運転するんだ！」父さんが怒鳴《どな》った。

母さんはアクセルを踏《ふ》み込《こ》み、車はさびしい道を駆《か》け抜《ぬ》けていく。

エンジンがかん高い音を立て、前輪から青い煙《けむり》が立ちのぼった。ゴムの焼けるにおいが車内に充満《じゅうまん》し、においとともに身のすくむような恐怖《きょうふ》が押《お》し寄《よ》せてくる。

ウィリアムはコーネリア・ストラングラーにもう少しで殺《ころ》されるところだった。彼女《かのじょ》には焼けたゴムのにおいが常《つね》につきまとっていた。だけど、コーネリアのはずがない――あのクリプトポータルで自ら身を滅《ほろ》ぼしたのだから。

母さんが車をこんなに飛ばすのは見たことがない。ハンドルをぐっと握《にぎ》りしめ、田舎道《いなかみち》を猛《もう》スピードで走り抜《ぬ》けていくけれど、ライトはしつこく追いかけてくる。ウィリアムはどうにか踏《ふ》ん張《ば》って、背後《はいご》にいるものの正体を見極めようとしていたが、ライトがまぶしくて見えない。まるで一対の邪悪《じゃあく》な目みたいだ。

車は小麦畑をあとにして、いまでは木々《きぎ》に囲《かこ》まれている。

「あの道に入ろう」父さんが細い砂利道《じゃりみち》を指さした。

「それはちょっと……」母さんはためらっている。

「曲がるんだ！　ほかに手はない」父さんは言い張《は》った。

母さんは急ハンドルを切り、タイヤをきしらせながら車はアスファルトをはずれた。

車を追いかけてきていたライトはぴたりと止まり、幹線《かんせん》道路の宙《ちゅう》に浮《う》かんでいる。

「止まってる！」ウィリアムはさけんだ。

木の枝《えだ》に車体の側面をこすられながら、細い砂利道《じゃりみち》を急いだ。背後《はいご》のライトはどんどん小さくなっていき、ついには月をさえぎっている木々《きぎ》の奥《おく》に消えた。あたりを照らすものは車のヘッドライトだけだ。

「どこまで進めばいいのかしら？　この道がどこへ続いているのかさえわからないのよ」母さんが言った。

母さんは細い道に車を走らせるだけで精一杯《せいいっぱい》だった。しょっちゅう脇《わき》の溝《みぞ》にタイヤが落ちそうになったが、そのたびにどうにか車を道に戻《もど》していた。

「あれを見ろ」父さんが少し先にある何かを指さしながら言った。「道路だ」

母さんはハンドルを切り、車は広い舗装《ほそう》道路に出た。この道は明るい街灯に照らされている。暗い林の中を走りつづけてきたあとだと、まるで太陽の下に出てきたみたいだ。

「うまくいった？　逃《に》げ切れたの？」母さんがきいた。

「どうかな。だといいけど」ウィリアムは答えた。

後部座席《ざせき》で膝立《ひざだ》ちになり、リアウィンドウの向こうをながめた。さっきの砂利道《じゃりみち》に入って以来、あのライトはちらりとも見かけていない。

母さんが急ブレーキを踏《ふ》み、タイヤがキーッと音を立てた。ウィリアムは体を前に投げだされ、父さんの座席《ざせき》の後ろにぶつかった。車は道路を横すべりしていき、やがて止まった。

ウィリアムはおそるおそる身を起こした。両親のほうを見ると、ふたりは身じろぎもせずフロントガラスを見つめている。その先には、待ち構《かま》えていたかのようにふたつのライトが空中に浮《う》かんでいた。

今回はライト以外のものも見えた。

ウィリアムたちの前には、四つのプロペラがついたＵＦＯみたいなものが浮《う》かんでいる。色は黒で、窓《まど》はなく、一家が乗っている車の二倍ぐらいの大きさがある。

「一種のドローンみたいだ」ウィリアムはつぶやいた。

ドローンはこっちに向かって動きはじめた。

「どうすればいいの？」母さんが言った。

「バックするんだ」父さんがささやいた。

ドローンは猛《もう》スピードで迫《せま》ってきている。

「バックしろ！」父さんはわめいた。

母さんが車をバックさせ、アクセルを踏《ふ》み込《こ》んで急ハンドルを切ったため、車はくるくるとスピンした。

「車の上にいる」ウィリアムは窓《まど》に寄《よ》りかかって上空を見あげようとした。真上にいるドローンの縁《へり》の部分しか見えない。

いきなり、車の屋根にバン！　と何かがぶつかる音がして、車ごと持ちあげられた。イグニッションの鍵束《かぎたば》がジャラジャラいい、見えない力に引っ張《ぱ》られているみたいに天井のほうへ向かっていく。バックパックも浮上《ふじょう》しつつあり、ウィリアムは抱《かか》え込《こ》んだ。このタイミングで金属《きんぞく》のピラミッドが火花を散らしはじめるなんてことになったら最悪だ。

「どうなってるんだ?」父さんがさけんだ。座席《ざせき》から体が浮《う》いている。シートベルトのおかげで、かろうじて天井に頭をぶつけずにすんでいる。

母さんが悲鳴をあげた。

ウィリアムは窓《まど》に顔を押《お》しつけ、見おろした。車はもう地面からすっかり遠ざかっている。下のほうに見える木々《きぎ》は小さなマッチ棒《ぼう》みたいで、道路は風景の中を交差する細い線になっている。

「きっと磁石《じしゃく》だ。磁石《じしゃく》で持ちあげられてる」ウィリアムは言った。

ドローンはぐんぐん加速して、見おろす世界はすぐに緑と茶色と青のぼやけたものに過《す》ぎなくなった。

母さんはいまだにハンドルをぎゅっと握《にぎ》りしめたままでいる。けれど、三人は捕《と》らえられていた。こんな上空にいたら、逃《に》げだすなんて無理な話だ。

第六章 ゴッフマンの調査

二時間ほどが過《す》ぎても、三人はまだ空中にいた。プロペラが激《はげ》しく音を立て、横から吹《ふ》きつける強風がドローンをガタガタ揺《ゆ》さぶっている。ウィリアムはどこへ向かっているのか突《つ》き止めようとしたけれど、下に見えるのは広大な海だけだ。

初めのうち、母さんは磁石《じしゃく》から車をはずされるものと思い込《こ》んで大騒《おおさわ》ぎしていて、父さんはなんとかなだめようと必死だった。

ウィリアムは座席《ざせき》の背《せ》にもたれた。冷静でいようと集中した。さっきまで感じていた恐怖《きょうふ》は、いまではほとんど消えうせている。

ついに太陽が地平線上にのぼった。

母さんは静かだった。頭をハンドルにもたれて、ひと言も話さない。眠《ねむ》っているのかもしれない。それとも単に諦《あきら》めたのか。父さんは相変わらず天井のほうに体が浮《う》いていて、シートベルトでかろうじて押《お》さえられている。

第六章　ゴッフマンの調査

「あれを見ろ！　陸地だ」父さんがさけんだ。

ウィリアムは上半身をまっすぐ起こした。本当だ、ずっと向こうに海岸線が見えてきた。三人は何も言わず、海岸線が近づくにつれてくっきりしてくるのを眺《なが》めていた。じきにウィリアムは気づいた——ドーバーの白い崖《がけ》だ。

「イギリスだね」ウィリアムは言った。

父さんがうなずいた。

陸地の上を一時間ほど飛行すると、プロペラの回転音に変化があり、だんだん低くなってきた。スピードを落として低空飛行しているような音だ。ウィリアムは窓《まど》に顔を押《お》しつけて、見おろした。

野原に白い大きな建物が高々《たかだか》とそびえ立っている。建物の後ろには大きな公園が広がっており、林と池がひとつある。敷地《しきち》全体が高いフェンスに取り囲《かこ》まれていて、錬鉄製《れんてつせい》の門から白い建物の正面入口まで長い砂利道《じゃりみち》が続いている。

「研究所だ」ウィリアムは言った。

両親は視線《しせん》を交わした。

「研究所の仕業なら、せめて教えておいてくれてもいいじゃないか。わかっていれば、ひと晩《ばん》中ハラハラせずにすんだっていうのに」父さんがぼやいた。

ウィリアムも同意見だった。フリッツ・ゴッフマンがこんな誘拐《ゆうかい》もどきの真似《まね》をするなんておかしい。どういうことなのか、着いたらゴッフマンにきいてみよう。でもいまは、どんなやり方をされたかに対する怒《いか》りよりも、自分たちを連れ去ったのが研究所だったとわかったことで、ホッとする気持ちのほうがずっと大きかった。

少しすると、車は研究所の正面入口前の砂利道《じゃりみち》にそっと降《お》ろされた。ガランと音を立てて、車は磁石《じしゃく》から離《はな》れ、父さんの体は座席《ざせき》にドサッと沈《しず》んだ。

ウィリアムは車のドアをあけて外に出た。ドローンを見ると、もう空高く上昇《じょうしょう》している。

こんなやり方でぼくたちを研究所に連れてくるなんて本当におかしい、とウィリアムは思いながら、ドローンが建物の屋根を越《こ》えて姿《すがた》を消すのを見送った。

ウィリアムはあたりを見まわした。何はともあれ、またここに戻《もど》ってこられたのは嬉《うれ》しい。こうなることを、毎朝おじいちゃんと指折り数えていたんだから。

母さんが車から降《お》りて、周囲《しゅうい》を眺《なが》めた。「この場所は、おじいちゃんの古い写真でしか見たことがなかったわ。わたしは……」研究所の巨大《きょだい》な玄関扉《げんかんとびら》がさっと開き、母さんの声は小さくなっていった。

「快適《かいてき》な旅だったかね？」と低い声が問いかけた。

ウィリアムは誰《だれ》の声かすぐにわかった。ふり返ると、幅《はば》の広い石造《いしづく》りの階段《かいだん》の上に、白い杖《つえ》に寄《よ》りかかっている長身のフリッツ・ゴッフマンの姿《すがた》が見えた。ふたりの運転手もいっしょにいる。

「いいえ……快適《かいてき》な旅なんかじゃなかったわ」けんか腰《ごし》に腕組《うでぐ》みをしながら、母さんが言い返した。「それどころか、不愉快《ふゆかい》そのものよ」

「ほう？」ゴッフマンは階段《かいだん》を降《お》りてきて、ウィリアムの横で立ち止まると、親しげに肩《かた》をぽんと叩《たた》いた。

「私《わたし》はフリッツ・ゴッフマン。この研究所の所長だ」ゴッフマンは母さんに向かって自己紹介《じこしょうかい》した。

「あなたのことは知ってます。写真で見たことがあるわ」母さんは言った。

ウィリアムはゴッフマンを見た。なんだか引っかかる……何かがおかしい……違和感《いわかん》がある。はっきりとは言えないけど、何かが違《ちが》う、ゴッフマンの目のどこかが。

「まるで動物のように追いまわされた。あの空飛ぶフードプロセッサーにな」父さんが助手席から顔をだして言った。

母さんは文句《もんく》を言いつづけていたけれど、ゴッフマンは心ここにあらずという様子だ。返事をするかわりに、ポケットから一枚《まい》の紙を取りだして目を通すと、几帳面《きちょうめん》にたたんでまたポケットにしまった。

母さんの話が終わると、一瞬《いっしゅん》静けさが訪《おとず》れた。

やがてゴッフマンが口を開いた。「本当に申し訳《わけ》ない。きみたちを丁寧《ていねい》に扱《あつか》うよう指示《しじ》したんだが。きみたちの家を襲《おそ》った出来事について耳にしたとき、できるだけ早くここへ連れてくるのが最善《さいぜん》の手だと思い、あのドローンがたまたま近くにあったものでな」

「あのドローンはどう考えても人間を運ぶためのものじゃないだろう！」車の中から父さんが怒鳴《どな》った。

「そうだな」ゴッフマンは無表情《むひょうじょう》で言った。「ドローンを使うようになってまだそれほど経《た》ってはいないが、いまでは世界中のあちこちに飛ばしている。研究所はドローンをさまざまな任《にん》務《む》に利用していて、その大半は考古学的発見物の輸送《ゆそう》だ。人間を運ぶことには不慣《ふな》れなのだよ」

「わが家に何か起きたとなぜわかった？」父さんがたずねた。

「きみたちから目を離《はな》さないようにしているからな。正確《せいかく》に言えば、ウィリアムのことだが。

第六章　ゴッフマンの調査

クリプトポータルであんなことがあったあとだ、特に警戒《けいかい》を怠《おこた》らずにいたのだ。きみたちの家に何者かが侵入《しんにゅう》したとき、研究所はすぐに知らせを受けた。残念ながら、何者の仕業か確《たし》かめるのは間に合わなかったが」

「誰《だれ》の仕業だと思ってる?」父さんが質問《しつもん》した。

「まだなんとも言えんな」ゴッフマンはぶっきらぼうに答えた。

ゴッフマンは階段《かいだん》の上で待っていた運転手たちに手をふった。「ミスター・ウェントンに手を貸《か》してくれんか?」そう言って、まだ車の中に座《すわ》っている父さんを示《しめ》した。「くれぐれも慎《しん》重《ちょう》に。今日はもう、ぶつかるのにはうんざりだろうからな」

運転手たちは車に近づくと、父さんを車から降《お》ろし、ふたりのあいだにはさんで体を抱《かか》えた。父さんは大きな赤ちゃんみたいに抱《かか》えられて、あまり嬉《うれ》しそうには見えない。

「家に侵入《しんにゅう》されたのは、研究所と何か関係があるのか?」父さんはたずねた。

「いや。まさか」ゴッフマンは父さんをじっと見つめながら答えた。

「だけど、私《わたし》たちを監視していたんだろう?」父さんはいらだたしげに言い返した。

「きみたちの安全のためだ」ゴッフマンはウィリアムをチラリと見やった。「世界一の暗号解《かい》読者《どくしゃ》といっしょに暮《く》らしているからには、仕方なかろう。この子に何かあってはならない」

ゴッフマンは大きくひとつ息を吸《す》い込《こ》んだ。「この件《けん》については、少し休んでから改めて話し合おう。腹《はら》が減《へ》っているだろう。それに、新しい外骨格《エキソスケルトン》も用意しよう」父さんを指さしながら言う。「新型《しんがた》を開発したのだ、きっと気に入るぞ」

「そんなの、どうでもいい」父さんはそう言ったものの、本当は興奮《こうふん》しているのがウィリアムにはわかった。

「新しい外骨格《エキソスケルトン》には動力学が応用《おうよう》されている。動きに合わせて変化するのだ」ゴッフマンは話を続けた。

「動力学の意味ぐらい知ってるさ」父さんはブツブツ言った。

「運転手たちが新設《しんせつ》の保養棟《ほようとう》に案内するから、ゆっくりくつろいでもらえるだろう」ゴッフマンはうなずいて合図し、運転手たちは父さんを抱《かか》えて階段《かいだん》をあがっていった。

母さんは少し躊躇《ちゅうちょ》したあとで、ウィリアムを見て言った。「わたしもお父さんといっしょに行ったほうがよさそうね。あなたたち、ふたりで話し合うことが山ほどあるでしょう」

ウィリアムはうなずいた。

「少し休めば、機嫌《きげん》も直るだろう」ゴッフマンは車のほうへ歩いていき、後部座席《ざせき》からウィリアムのバックパックをつかみ取った。「荷物はこれだけか?」

第六章　ゴッフマンの調査

「はい。残りはぜんぶ破壊《はかい》されました」ウィリアムは答えた。

「ふむ。〈パルプ化探知機《たんちき》〉を使うとそうなるな」ゴッフマンは言った。

「パルプ化探知機《たんちき》？」

「きみの家に押《お》し入ったのが何者だとしても、そいつは何かを探《さが》していたらしい」ゴッフマンは続けて言った。「そしてパルプ化探知機《たんちき》を使ったようだ。探《さが》し物をするには実に効率的《こうりつてき》な方法だが、極めて破壊的《はかいてき》でもある。見つけたい物をプログラムすれば、探知機《たんちき》は目的の品を発見するまで、あらゆる物を粉砕《ふんさい》してパルプにしてしまうのだ」

「誰《だれ》が押《お》し入ったのか突《つ》き止めないと」ウィリアムは言った。

「それについては調査中《ちょうさちゅう》だ」とゴッフマンは答え、バックパックに視線《しせん》を落とした。「ひょっとして、最近何か荷物を受け取ってはいないか？　誰《だれ》かが会いにきたり、連絡《れんらく》を取ってきたりは？　何か少しでも変わったことはないかね？」

　ウィリアムはためらった。「ええと、実は……」ウィリアムはもごもご言い、ゴッフマンが両手でつかんでいるバックパックに目を向けた。

「バックパックを返してもらえますか？」ウィリアムは受け取ろうとしたが、ゴッフマンは手放そうとしない。ゴッフマンは深呼吸《しんこきゅう》をして、ようやくバックパックを返した。ウィリアムは大きなポケットのファスナーをあけると、注意深く小包を取りだした。

「これを受け取りました」

「おや。見せてもらえるかね？」

ゴッフマンの声は震《ふる》えていた。

「気をつけて。火花を散らすから」ウィリアムは小包を手渡《てわた》しながら言った。

ゴッフマンは両手を伸《の》ばし、慎重《しんちょう》に小包を受け取った。

「これをどこで手に入れた？」

「配達されたんです」ゴッフマンの態度《たいど》には、どこか気がかりなところがあった。ウィリアムは小包を見せたことを早くも後悔《こうかい》していた。

「研究室に届《とど》けて調べてみよう」ピラミッドを気づかうように、ゴッフマンはささやいた。

「ぼくが何かを受け取ったって、どうしてわかったんですか？」ウィリアムはきいた。

「推理《すいり》しただけだ」ゴッフマンは手の中の小包から目を離《はな》さずに答えた。「きみの家に押《お》し入った者は、おそらくこれを探《さが》していたのだろう」

それだけ言うとゴッフマンは背《せ》を向けて、石造《いしづく》りの階段《かいだん》をのぼり、研究所に入っていった。

第七章　コーネリアの手

ウィリアムはゴッフマンのあとに続いて、広々《ひろびろ》した正面玄関《げんかん》ホールに入った。あらゆる大きさと形状《けいじょう》のロボットと人々《ひとびと》が、せわしなく行き来している。新入りの候補生《こうほせい》らしき何人かの子どもたちもいた。研究所の制服《せいふく》——紫色《むらさきいろ》のブレザーと青いズボン——を着て、七人ずつのグループになって歩いている。

「エイブラハム・タリーが地下室からいなくなったいま、警備《けいび》レベルは下げてある。新しい候《こう》補生《ほせい》たちも採用《さいよう》した。すべてが通常《つうじょう》どおりに戻《もど》りつつある」ゴッフマンは満足げに話した。

ひと組の候補生《こうほせい》たちとすれ違《ちが》った。何人かがウィリアムのほうをチラチラのぞくと、頭を寄《よ》せ合ってヒソヒソ話している。候補生《こうほせい》それぞれが〈オーブ〉を持っているのを見て、ウィリアムは嬉《うれ》しかった。研究所にやって来ると、候補生《こうほせい》はみんな自分だけのオーブを与《あた》えられることになっていた。けれど、コーネリアが現《あらわ》れて警備《けいび》レベルが5に引きあげられたとき、オーブはすべて回収《かいしゅう》されてしまった。オーブはパズル式の鍵《かぎ》のような機能《きのう》があり、候補生《こうほせい》たちはレベル

10まで解《と》かなければならない。解《と》いたレベルが上がると、研究所内でオーブを使ってアクセスできるエリアが追加されていくのだ。

「階段《かいだん》はどうしちゃったんですか？」ウィリアムはけげんな顔でゴッフマンに問いかけた。

二階へ続いていた石造《いしづく》りの広い階段《かいだん》が、エスカレーター二機に替《か》わっている。

「ああ、あれは私《わたし》のアイデアだよ。前よりずっと効率的《こうりつてき》になった」ゴッフマンは答えた。

「でも、階段《かいだん》ボットは？」成功と失敗をくり返しながらも、ひたむきに階段《かいだん》をのぼりおりしていた、あの可愛《かわい》い小さなロボットのことをウィリアムは考えていた。

「あれはまったく実用的ではないとわかった。だから引退《いんたい》させたのだ」ゴッフマンはそっけない口ぶりで言った。

「引退《いんたい》させた？　どういう意味ですか？」

「正当な休息を取るということだ」ゴッフマンはほほえんだ。「それに、エスカレーターに階《かい》段《だん》ボットは必要ないからな」

ウィリアムはその場に立ち尽《つ》くし、周囲《しゅうい》で行われているすべての活動を観察した。ピカピカに磨《みが》きあげられた二体のロボットがわきを通り過《す》ぎた。真っ白で、天井の照明を受けて輝《かがや》いている。

「あれも新型《しんがた》ですか？」ウィリアムはたずねた。

だけどゴッフマンはもうエスカレーターのほうへ向かっていて、返事をしなかった。

「失礼」と背後《はいご》から声がした。

目を落とすと、平べったくて光沢《こうたく》のある白いロボットが足元で止まっていた。機械仕掛《じか》けの魚みたいだ、カレイとかヒラメとか。

「どいてもらえますか？　あなたが立っている場所はまだ掃除機《そうじき》をかけていないので」ロボットは言った。

「掃除機《そうじき》？」ウィリアムはとまどっていた。このロボットもいままで見たことがない。「えーっと、きみは？」

「次世代の掃除《そうじ》ボットです」ロボットは誇《ほこ》らしそうに言った。

「旧型《きゅうがた》はどうなったの？」ウィリアムは質問《しつもん》した。

「引退《いんたい》しました。次世代のほうがずっと優秀《ゆうしゅう》ですからね。どいてもらえますか？」掃除《そうじ》ボットは答えた。

「来ないのか？」エスカレーターのほうからゴッフマンが呼《よ》びかけてきた。

ウィリアムが歩きだすと、ある声に呼《よ》び止められた。

「あなた、ウィリアム・ウェントン？」

ウィリアムがふり返ると、同年代の少年少女のグループがいた。物珍《ものめずら》しそうにこっちを見ている。何人かの少女がクスクス笑った。

「ねえ、そうなの？」ひとりの少女がたずね、期待を込《こ》めてほほえんだ。「ウィリアム・ウェントンなの？」

「えっと……」ウィリアムはためらった。

「あなたのことはぜんぶ知ってる。あなたがしたことも……どうやってロンドンでエイブラハム・タリーを見つけたかも……ヒマラヤで何があったかも……それに――」別の少女が言った。

「ぼくのオーブを解《と》いてくれない？」ひとりの少年が割《わ》り込《こ》んだ。

「きみたち、いまはやめたまえ」ゴッフマンが大声で言った。「ウィリアムとは今度また話せばいい」

ウィリアムはゴッフマンのほうに近づいた。「あの子たちはどうしてぼくのことを知ってるんですか？」ふり返りながらたずねた。

「いまやきみはちょっとしたヒーローみたいな存在《そんざい》だからな」ゴッフマンはそう言って、エスカレーターに乗った。

「どうして？」ウィリアムもあとに続いた。

「見せてやろう」ゴッフマンはいたずらっぽい笑みを浮《う》かべた。

エスカレーターをのぼりきると、ゴッフマンは廊下《ろうか》を進んでいく。そして、かしこまった様子で大きなガラスのディスプレイケースに近づいた。

ウィリアムは足を止めた。目の前に示《しめ》された大きな蛍光《けいこう》文字を見つめて立ち尽《つ》くす。「**クリプトポータル：概要《がいよう》……**」

その下にあるものがなんなのか、ウィリアムは見てすぐわかった。くぼみ跡《あと》のある古いオーブだ。

コーネリア・ストラングラーがウィリアムをだまして、クリプトポータルを作動させるのに使わせた、あのオーブ。その隣《となり》には、ウィリアム自身の写真があった――ゴッフマンの巨大《きょだい》な肖像《しょうぞう》写真と並《なら》んで。そこには「**ヒマラヤの英雄《えいゆう》たち**」と記されている。ウィリアムはあっけに取られた。ゴッフマンに視線《しせん》を向けると、彼《かれ》はあるものを見つめている。ウィリアムはハッとした。そんなばかな。ありえない。背筋《せすじ》に冷たいものが走り、身震《みぶる》いしはじめた。目の前にあるのは、コーネリアの機械仕掛《じか》けの手だ。

「な、な、なんで……？」ウィリアムはつっかえながら言った。自分の見ているものが信じられない。「なんであれがここに……展示《てんじ》されてるんですか？」

「ヒマラヤでの出来事を思いださせるためだ。忘《わす》れないこと、そして失敗から学ぶことは大切だからな」ゴッフマンは言った。

「でも、あの手は危険《きけん》だ……死を招《まね》く！　金庫か何かに鍵《かぎ》をかけて保管《ほかん》しておくべきじゃないですか？」コーネリアがあの手を作動させるたびに鳴っていたビーッという音が、いまにもきこえてきそうだ。

「だが、ポータルは破壊《はかい》された。コーネリアも死んだ。これらの品はもう危険《きけん》を招《まね》くことはない。それに、このケースは強化ガラスでできていて、銃弾《じゅうだん》にも原爆《げんばく》にも耐《た》えられる」

ゴッフマンはケースの中を指さした。「あそこにきみもいるぞ」

ウィリアムは自分の写真にふたたび目をやった。ゴッフマンの写真に比《くら》べると、ずっと小さい。それに、モノクロだ。

「我々《われわれ》は歴史《れきし》に名を残したのだ」ゴッフマンは機械仕掛《じか》けの手を見据《みす》えながら、うっとりした声で言った。

ウィリアムがゴッフマンをいぶかしげに見ていると、ききおぼえのある声がした。「ウィリアム？」

第七章　コーネリアの手

ふり返ると、ひと組の候補生《こうほせい》を連れたイスキアが近づいてくるのが見えた。イスキアはウィリアムの首に腕《うで》をまわし、きつく抱《だ》きしめてきたので、ウィリアムはクラクラした。

「会えてすごく嬉《うれ》しい！」イスキアはさけび、後ろに立っている七人の候補生《こうほせい》たちを示《しめ》した。ウィリアムと同い年か、少しだけ年下かもしれない。「新しく入った候補生《こうほせい》たちだよ。今日、到着《とうちゃく》したんだ。ちょうど研究所を案内してたところなの」

ウィリアムは候補生《こうほせい》たちにうなずいてみせて、笑いかけた。

「あれ、きみだよね」ひとりの少年がディスプレイケースの中の写真を指さして言った。さらに何か言おうとしたけれど、イスキアにさえぎられた。

「今日はもう自由に過《す》ごしていいよ」とイスキアは言った。

候補生《こうほせい》たちのグループは背《せ》を向けて、エスカレーターへと引き返していった。

「私《わたし》は研究室でこれを調べてみないと」ゴッフマンが言い、小包を掲《かか》げてみせた。「きみたちふたりは積もる話もあるだろう」そして最後にもう一度ディスプレイケースを見やると、歩き去った。

ケースの中では、コーネリアの手に並《なら》んだボタンが弱々《よわよわ》しく明滅《めいめつ》している。まるで呼吸《こきゅう》しているみたいだった。

第八章 様変わりした研究所

「これをどう思う？」イスキアはケースを手で示《しめ》しながら問いかけた。

「ゴッフマンはなんでコーネリアの手を展示《てんじ》したりしているのか、それに自分の写真を飾《かざ》ったりしているのか、わけがわからない……」ウィリアムは言った。

「わかる人なんていない」イスキアはささやいた。

「え？」

イスキアは話を続けようとしていたけれど、人間型《にんげんがた》の白い二体のロボットが通りかかると、口をつぐんだ。玄関《げんかん》ホールで見かけたロボットだ。イスキアはロボットたちが廊下《ろうか》のずっと先まで離《はな》れるのを待ってから、話を続けた。

「ゴシップボットだよ。ディスプレイを見張《みは》ってるの。それだけじゃない、研究所で起きるどんな出来事も見逃《みのが》さず、どんな話も聞き逃《のが》さないようにしてる。そして、すべてを直接《ちょくせつ》ゴッフマンに報告《ほうこく》してるんだ。ここでは内緒話《ないしょばなし》なんてできない。ウィリアムの部屋に行こうよ。話すことがたくさんあるの」

　歩きながら、ウィリアムはイスキアをチラリと見た。ヒマラヤからの帰りの飛行機に並《なら》んで座《すわ》っていたのが、遠い昔のことのようだ。空港で別れて以来、会っていなかった。

　イスキアの黒髪《くろかみ》は伸《の》びていて、いまでもウィリアムより少し背《せ》が高い。

「あんたがここに戻《もど》ってくるのは、まだ何週間か先かと思ってたけど」とイスキアは言った。

「そのはずだった。でも、誰《だれ》かが家に押《お》し入ったんだ」

「押《お》し入った？　誰《だれ》が？」イスキアはショックを受けている。

「さあ。でも……」ウィリアムはあたりを見まわし、誰《だれ》にもきかれていないか確《たし》かめた。「おじいちゃんのメモリーがなくなった」

「えっ？」イスキアはぴたりと足を止めた。「ヒマラヤでおじいちゃんがくれた、あのメモリースティックが？」

　ウィリアムはうなずいた。今度はこっちがイスキアをわきに引っぱっていく番だった。

「でも幸い、スラッパートン先生がバックアップを取ってくれてる。それを手に入れないと。おじいちゃんなら何か知ってるんじゃないかな」

　イスキアは驚《おどろ》いていた。「スラッパートン……」と、もごもごつぶやいた。

ウィリアムは自分の部屋のドアをノックした。ドアとまたおしゃべりするのを楽しみにしていた。

「誰《だれ》だ?」抑揚《よくよう》のない声が返ってきた。

「ぼくだよ」

「ぼく……誰《だれ》だ?」とドアがきいた。

「ぼくだって」ウィリアムはびっくりしている。ドアの声はいつもと調子が違《ちが》う——単調で、感情《かんじょう》のない金属的《きんぞくてき》な声だ。「ぼくだよ……ウィリアムだ」

「入室許可《きょか》はあるのか?」ドアはなんの興味《きょうみ》もなさそうにたずねた。

ウィリアムは問いかけるようにイスキアを見た。

「すべてのドアのソフトウェアがアップグレードされたの。ゴッフマンからきいてない?」イスキアは小さな声で言った。

「私《わたし》は次世代型《がた》だ。旧型《きゅうがた》は時代遅《じだいおく》れになって引退《いんたい》した」とドアは言った。

「そんな、ドアもだなんて。この研究所で何が起きてるんだ?」ウィリアムはがっかりしている。

「いろんなことが起きてる」イスキアは答えた。

第八章　様変わりした研究所

ドアのハッチが開き、額《ひたい》のスキャナーを搭載《とうさい》したロボットの手が出てきた。

「前屈《まえかが》みになって」とドアが指示《しじ》する。

ウィリアムは前屈《まえかが》みになった。スキャナーが緑色に光った。

「許可《きょか》する」ドアがカチリと音を立てて開いた。

ふたりは部屋に入った。

ウィリアムは足を止め、室内の様子をながめた。ありがたいことに、部屋は前と変わりないようだ。ベッドは窓《まど》のそばにある。机《つくえ》と椅子《いす》はあそこ。本棚《ほんだな》も元の場所にある、ただし何冊《さつ》か新しい本が並《なら》んでいる。ウィリアムは身を乗りだし、タイトルを読んだ。『代わりの歴史《れきし》』、『ピラミッドのテクノロジー』、『宇宙船地球号《うちゅうせんちきゅうごう》』。あとでもっとじっくり調べてみないと。

窓《まど》に近づき、外をのぞいた。この前まで取り付けられていた鉄格子《てつごうし》ははずされている。二体の白いピカピカの芝刈《しばか》りボットのほかは、庭はいつもと変わりなく見えた。

「どうしてロボットたちは総入《そうい》れ替《か》えになったんだ?」ウィリアムはベッドに腰《こし》かけているイスキアをふり返った。

イスキアは人差し指を唇《くちびる》にあてて、隣《となり》に座《すわ》るようウィリアムに合図した。

イスキアはウィリアムに身を寄《よ》せた。

「きかれちゃうから」ヒソヒソ声で言い、ドアを示《しめ》す。

ウィリアムはうなずいた。キルトの掛《か》け布団《ぶとん》をつかみ、ふたりの頭の上にかぶせる。イスキアがにっこりした。

「どのロボットもアップグレードする必要があるって、ゴッフマンが決めたの。研究所は進化しつづけなきゃいけないって。でも、大勢《おおぜい》の人が反対してる。新型《しんがた》は効率的《こうりつてき》すぎて、魅力《みりょく》が欠けてるから」イスキアは小声で話した。

ウィリアムはだまってうなずいた。ここに戻《もど》ってきてから目にしたもののおかげで、イスキアの言いたいことは理解《りかい》できた。

「ゴッフマンはスラッパートンのことを何か話した？」イスキアはささやいた。

「たとえば、どんなこと？」ウィリアムはささやき返した。

「スラッパートンが去ったこと。辞めたこと」

「辞めた？」ウィリアムは抑《おさ》えた声でさけんだ。「なんで？」

「よくわからない。警報《けいほう》が鳴ったあと、ゴッフマンと口論《こうろん》になって」

「なんの警報《けいほう》？」ウィリアムはびっくりしている。

「きいてないの？〈オービュレーター・エージェント〉が現《あらわ》れたんだよ」

イスキアが何を言っているのか、ウィリアムには見当もつかなかった。「オービュ……え？」

イスキアは大きく息を吸《す》った。「オービュレーター・エージェント。彼《かれ》が現《あらわ》れたの。その日のあと、スラッパートンは辞めて……というか……そう、姿《すがた》を消した」

「姿《すがた》を消した？」ウィリアムはくり返した。

「うん。ある日、パッと消えちゃったの。ゴッフマンの話だと、ここを辞めて出ていったんだって。あたしたちの誰《だれ》にも言わずになんて、ちょっと変だよね」

ウィリアムの頭に恐《おそ》ろしい考えが浮《う》かんだ。「バックアップはどうなる？　スラッパートン先生が辞めたなら……おじいちゃんのバックアップは誰《だれ》が持ってるんだ？」

「ゴッフマンかな？」

少しのあいだ、ふたりは無言でいた。ウィリアムは背中《せなか》がぞくっとするのを感じた。

「オービュレーター・エージェントってなんなの？」しばらくして、ウィリアムはたずねた。

イスキアが説明しようとしたとき、ドアが話をさえぎった。

「ふたりで何をヒソヒソ話してる？」

「なんでもない」イスキアは頭からキルトをはずすと、立ちあがった。「行かなきゃ。そろそろ別の新入り候補生《こうほせい》たちを案内しなきゃいけないから。毎日毎日、バス何台分も新しい候補生《こうほせい》がやって来るの」そしてドアをあけ、出ていった。

ウィリアムは考えにふけりながら、イスキアが出ていくのを見送った。

ベンジャミン・スラッパートンは本当にいなくなったのか？　警報《けいほう》っていうのはなんのことだろう？　それに、オービュレーター・エージェントって？

疑問《ぎもん》が山積みだ。

ウィリアムは立ちあがった。

「夕飯は何時かな」ぼそりとつぶやいた。

「おまえは質問《しつもん》が多すぎる」ドアはそっけなく答えた。

第九章
辞職《じしょく》した先生

灰色《はいいろ》の月光が小さな窓《まど》から暗い部屋に射《さ》し込《こ》んでいた。静かな夜で、外からきこえる物音は警備《けいび》ボットの遠い雑音《ざつおん》だけだ。ウィリアムは到着《とうちゃく》したときの服装《ふくそう》のまま、ベッドに横たわっている。もう何時間もこうして過《す》ごしていた。

イスキアが戻《もど》ってくることを期待していた。疑問《ぎもん》はまだまだあり、答えは得《え》られていない。話し合う相手がほしかった。

だけど、イスキアもあまり知らないようだった。ウィリアムは窓《まど》の外をながめられるよう姿《し》勢《せい》を変えた。おじいちゃんならきっと力になってくれたはずだ。

ゴッフマンとも話がしたかったけれど、態度《たいど》があまりにもおかしく、まるで別人みたいだ。古いロボットをすべて廃棄《はいき》して、ゴシップボットを送り込《こ》んでみんなを監視《かんし》させるなんて……それに、ドローンを使ってぼくたちを研究所に連れてきたやり方も――ちっともゴッフマンらしくない、奇妙《きみょう》だ――怖《こわ》いぐらいに！

その上、スラッパートン先生がいなくなってしまった。

一瞬《いっしゅん》、ウィリアムは両親を探《さが》そうかと考えた。ここに到着《とうちゃく》したあと、別れたきりだ。でも、ふたりを探《さが》すのは、研究所で何が起きているのか、もっとはっきりさせてからにしようと決めた。

「ドアの前に誰《だれ》かいる」ドアが単調な声で言った。

ウィリアムはベッドで上半身を起こした。「誰《だれ》?」

「わからない。十一時を過《す》ぎたら、誰《だれ》もがこの部屋への出入りを禁止《きんし》されている」とドアは答えた。

ウィリアムは起きあがった。

「このことはミスター・ゴッフマンに報告《ほうこく》しないと」ドアはつけ加えた。「警備《けいび》上の問題であり――」

ドアの外からビーッと音がして、スピーカーから火花が散った。室内の電灯が何度かチカチカ点滅《てんめつ》した。

「ドア?」ウィリアムは呼《よ》びかけたけれど、返事はない。「ねえ、ドア? そこにいる?」

ウィリアムは立ちあがり、ドアを見据《みす》えた。

第九章　辞職した先生

　カチッという音とともにドアが開き、誰《だれ》かのシルエットが見えた。くたびれたスーツ姿《すがた》の男《だん》性《せい》だ。

　ウィリアムはあとずさりした。

「急いで、話がある」男は言い、部屋に入って立ち止まった。

　ウィリアムはベッドの横の壁《かべ》にぶつかった。男は金髪《きんぱつ》で丸顔だった。青白い肌《はだ》には老いが見られ、しわがある。ウィリアムはこの相手と絶対《ぜったい》に会ったことがないはずだと思ったが、どこかなじみがあった。その身ぶりとしぐさに覚えがある。

「ドアが壊《こわ》れていると気づかれるのも時間の問題だ」老人は言い、そわそわと顎《あご》をかいた。

　とつぜん、ウィリアムは相手の正体に気づいた。だけど、そんなことってあるだろうか？

「スラッパートン先生？」とささやいた。

「しまった！」老人は片手《かたて》をあげて、頭の後ろにある何かを押《お》した。頭全体がピカピカと何度か光ったかと思うと、変身しはじめた。淡《あわ》い金髪《きんぱつ》が黒髪《くろかみ》に変わり、もっと面長の若《わか》い顔になった。

　数秒後には、ウィリアムの前にベンジャミン・スラッパートンが立っていた。金属製《きんぞくせい》のヘッドバンドのようなものを身に着けている。

「ゴホン、これはホログラムマスクで……全身を変身させられたらもっといいんだが」

「先生は研究所を去ったって、イスキアからききました」

「ある意味では、そうだ」スラッパートン先生はうなずいている。

「どういうこと？」

「辞職《じしょく》した。というより、ゴッフマンにクビにされたんだ。だけど、ここから出ていきはしなかった。こんな状況《じょうきょう》で立ち去るわけにはいかない。いまは身を隠《かく》しているから、私《わたし》と話したことは誰《だれ》にも言うんじゃないぞ。わかったね？」

ウィリアムはうなずいた。「ぼくの家に誰《だれ》かが侵入《しんにゅう》しました。おじいちゃんのメモリースティックがなくなったんです」

「それについては心配いらない。私《わたし》のオフィスにバックアップがあるからな。あとで対処《たいしょ》しよう。話し合わなきゃならないずっと重大な問題がある……」スラッパートン先生は口をつぐみ、何か期待するような目でウィリアムを見つめている。

「で、あれはどこにある？」先生はキョロキョロしながらたずねた。「例の小包は？　噂《うわさ》をきいて、飛んできたんだ」

「小包？」

「ピラミッドだよ……これぐらいの大きさの」スラッパートン先生は手ぶりで示《しめ》した。「奇妙《きみょう》なシンボルで埋《う》め尽《つ》くされている。おそらくは」

「ゴッフマンが持っていきました」とウィリアムは答えた。

　スラッパートン先生は無言で立ち尽《つ》くしている。打ちひしがれているようだ——怒《おこ》っているようにさえ見える。

「あれを彼《かれ》にわたしたのか？」先生はこぶしを握《にぎ》りしめた。

「はい。というか、奪《うば》われたんです」

「だったら、取り返すしかないな」先生は断固《だんこ》とした口調で言った。

「あのピラミッドはなんなんですか？」ウィリアムはたずねた。

「暗号だ」先生は声を落とした。「世界で最も重要で特別な暗号のひとつだよ。オービュレーター・エージェントの手で守られながら、長年にわたって隠《かく》されていた。ところがオービュレーター・エージェントが我々《われわれ》の近くに現れた。考えられる理由はひとつしかない」

「どんな理由？」

「オービュレーター・エージェントがピラミッドをわたしたがっている相手は、おそらくきみだ。それなのに、ゴッフマンの手にわたってしまった」

る。

「先生、ちゃんと説明してください」

「何もかも話そう。だけどその前に、きみは誰《だれ》からピラミッドを受け取った？」

「郵便配達人《ゆうびんはいたつにん》です」ウィリアムは答えた。

「その郵便配達人《ゆうびんはいたつにん》は、どんな姿《すがた》をしていた？」スラッパートン先生は好奇心《こうきしん》に顔を輝《かがや》かせていた。

「先生より少し背《せ》が高かったです。それに、痩《や》せてもいた。郵便配達《ゆうびんはいたつ》の古いバンに乗ってて、すごく青白い肌《はだ》だったな、顔は真っ白と言ってもいいぐらい」

「それなら彼《かれ》に違《ちが》いない」先生は興奮《こうふん》したような笑みを浮《う》かべて言った。

「誰《だれ》ですか？」

「オービュレーター・エージェントだよ」スラッパートン先生はさらに声を落とし、室内をすばやく見まわした。「こいつは、えらいことだぞ！」

「それで、オービュレーター・エージェントっていうのは何者なんですか？」ウィリアムは、じれったかった。

先生はひとつ深呼吸《しんこきゅう》をしたあとで、ふたたびウィリアムをじっと見つめた。

「何年も前のことだが、研究所の〈不可能遺物保管所《ふかのういぶつほかんじょ》〉で、ある奇妙《きみょう》な羊皮紙の文書が発見された。非常《ひじょう》に古いエジプトの彫像《ちょうぞう》の中に隠《かく》されていたんだ。放射性炭素《ほうしゃせいたんそ》で年代を測定《そくてい》したところ、二千年以上前のものだった。この羊皮紙には、オービュレーター・エージェントと名乗るアンドロイドについて書かれていた」

スラッパートン先生はいったん言葉を切り、ちゃんと話をきいているか確《たし》かめようとするみたいにウィリアムを見た。

「このアンドロイドは古《いにしえ》の兵器を手に入れるための暗号を守っているのだ、と羊皮紙には記されていた」先生は落ち着かない様子でドアをチラリと見やった。

「どういう兵器ですか?」ウィリアムは胸《むね》をドキドキさせながらたずねた。

「ルリジウムがふたたび地球に戻《もど》ってきたら、やつらを倒《たお》すことのできる唯一《ゆいいつ》の兵器だ」スラッパートン先生はもう一度大きく息を吸《す》い込《こ》むと、急いで先を続けた。「羊皮紙には、オービュレーター・エージェントのただひとつの目的は、この暗号を解読《かいどく》して兵器を手に入れられる者が現《あらわ》れるまで暗号を守りつづけていくことだ、と説明があった」

「じゃあ、ピラミッドは?」ウィリアムはきいた。

「きっとピラミッドが暗号なんだろう」先生は答えた。

ウィリアムは何も言わず、この新しい情報《じょうほう》について頭の中を整理しようとした。

「ぼくが持っていた、あのピラミッドが？」

「そういうことだ！」スラッパートン先生は口をつぐみ、何か物音を耳にしたかのようにドアに目を向けた。「きみが受け取った小包は暗号だ。解読《かいどく》すれば、きみは兵器を手に入れられる。エイブラハム・タリーを阻止《そし》できるものは、世界中でそれしかない」

「でも、なんでぼくが受け取ることになったんだろう？　どうして、いまなんだ？」ウィリアムは口ごもりながら言った。

「ウィリアム、きみにオービュレーター・エージェントがピラミッドをわたした理由は、ひとつしか考えられない」スラッパートン先生はそこで間を置いた。「人類に恐《おそ》ろしい危険《きけん》が迫《せま》っているに違《ちが》いない」

ウィリアムは先生が言おうとしていることの意味にハッと気づいた。

「エイブラハムが地球に戻《もど》ってくるということですか!?」

先生は無言でうなずいた。

ウィリアムの全身に寒気が走った。エイブラハム・タリーの名前を口にするだけでもぞっとする。本当にエイブラハム・タリーとルリジウムを阻止《そし》できるものがあるのだろうか？　スラッパートン先生が話していた古《いにしえ》の兵器を、オービュレーター・エージェントはぼくに使わせたがっているのか？

　スラッパートン先生は息を吸《す》い込《こ》んだ。「ピラミッドを取り戻《もど》さなければ。きみにあの暗号を解《と》かせたくない連中がいるんだ……」

　先生はほかにも何か言おうとしていたけれど、急に物音がしてドアをふり返った。いまではウィリアムにも、電気モーターの音が近づいてくるのがきこえていた。警備《けいび》ボットの一団《いちだん》が、こっちに向かってきている。

　スラッパートン先生はすばやい動きで上着の中に手を入れて、自分が身に着けているのと同じような金属製《きんぞくせい》のヘッドバンドを取りだし、ウィリアムに放ってよこした。

「こいつを持っておけ」先生は後ろ向きにドアから出ていきながら言った。「必要になるときが来るはずだ」

　そして自分のホログラムマスクを作動させると、先生の顔はまた老人のものに変化した。

「あのピラミッドを取り返さないと。我々《われわれ》が協力する」

「〝我々《われわれ》〟って？」ウィリアムは問いかけた。

　けれど、遅《おそ》かった。スラッパートン先生はもういなくなっていた。

第十章 消えたディスプレイ

ドアは壊《こわ》れたままだったので、ウィリアムは手でドアをあけた。ドアの外には、パッシベーター銃《じゅう》を携行《けいこう》した新品の警備《けいび》ボットの一団《いちだん》が立っていた。パッシベーターを見て、ウィリアムは身震《みぶる》いした。あれで撃《う》たれて、体を麻痺《まひ》させられたことがあるのだ。

「どけ。安全を侵害《しんがい》する行為《こうい》がないか調査《ちょうさ》しに来た」警備《けいび》ボットのひとりが言い、車輪を回転させてすごい速さで部屋に入ってきたので、ウィリアムは飛びのくしかなかった。警備《けいび》ボットはハイテクなアイロンみたいなものを持っていて、その道具を掲《かか》げて室内をスキャンした。

ウィリアムはベッドにチラリと目をやった。スラップートン先生が置いていったホログラムマスクがある。部屋じゅうをスキャンする余裕《よゆう》を与《あた》えてしまったら、警備《けいび》ボットはあれを見つけるだろう。

「えっと……なんの問題もないよ。でも、誰《だれ》かが廊下《ろうか》を走っている足音をきいたな」ウィリアムは言った。

警備《けいび》ボットはこっちをふり向いた。

「誰《だれ》かが走っていた？」

「うん、走って逃《に》げていくみたいだった。きみたちがやって来る音をきいて、怖《こわ》くなったのかもしれない」

警備《けいび》ボットは納得《なっとく》した様子で、狭《せま》い部屋の外で待っているほかの警備《けいび》ボットたちのほうを向いた。

「行こう、侵入者《しんにゅうしゃ》を捜索《そうさく》するぞ」警備《けいび》ボットはそう言って、廊下《ろうか》を急いで走っていった。


ウィリアムは角を曲がり、長い廊下《ろうか》を進みつづけた。

スラッパートン先生はこっちに行ったのか？　まだこの研究所にいるのであれば、先生はどこに身を隠《かく》している？

真夜中だというのに、ウィリアムは少しも眠《ねむ》れずにいた。スラッパートン先生が言っていたすべてのこと――そして、言えずにいたすべてのことについて、ずっと考えていたのだ。先生を見つけないといけない。

廊下《ろうか》の奥《おく》で左に曲がると、いきなりクリプトポータルのディスプレイのある場所に出た。ディスプレイケースからは、かすかな光が漏《も》れてきていたけれど、ネオンの明かりは消されていた。なぜゴッフマンはヒマラヤでの出来事を展示《てんじ》しようなどと思ったのか、ウィリアムはまだ理解《りかい》に苦しんでいた。こんなもの、すべての失敗を思いださせるだけだ。エイブラハム・タリーがクリプトポータルをくぐり抜《ぬ》けたことや、コーネリアがおじいちゃんを殺《ころ》したことを。あのときのことを考えると吐《は》き気がした。コーネリアは自分の手で自らを消し去った。いまではガラスケースの中に飾《かざ》られている、あの機械仕掛《じかけ》けの手で。

ウィリアムは近づいた。

古いオーブ、それにゴッフマンの大きな写真の真下には、自分の写真が見える。

だけど、何かがなくなっていた。

コーネリアの機械仕掛《じか》けの手がない。

そんなのありえない。原爆《げんばく》にも耐《た》えるガラスのディスプレイケースは、少しも損《そこ》なわれていなかった。無理矢理こじあけたような破壊《はかい》の跡《あと》はどこにも見受けられない。なのに手は消えてしまった。

ウィリアムはぶるっと身を震《ふる》わせた。

あの手が単独《たんどく》で動き回れることは知っている。ヒマラヤ行きの飛行機に乗っているとき、この目で見たのだ。分厚《ぶあつ》いガラスをもう一度確《たし》かめてみた。鍵《かぎ》がかかっている。あの手が外に出るには、鍵《かぎ》が必要だったはずだ。いや、何者かが移動《いどう》させたに違《ちが》いない、でも誰《だれ》が？

ウィリアムは急いで暗い片隅《かたすみ》に行き、翼《つばさ》の生えた女性《じょせい》の大きな彫像《ちょうぞう》の前で足を止めた。女性《じょせい》は片手《かたて》にオーブを持っている。ウィリアムは彫像《ちょうぞう》の後ろに体を押《お》し込《こ》み、腰《こし》をおろした。

そこからなら、ガラスのディスプレイケースが直接《ちょくせつ》見えた。盗《ぬす》んだ犯人《はんにん》は朝までに手を戻《もど》しに来るかもしれない。

スラッパートン先生を捜《さが》すのは、明日また続けるしかない。いまは眠《ねむ》らずにおいて、誰《だれ》かが手を戻《もど》しに来るか確《たし》かめなきゃ……

ウィリアムはハッと目を覚まし、身を起こした。背後《はいご》にある大きな窓《まど》から、黄金色《こがねいろ》の朝日が射《さ》し込《こ》んでいる。ウィリアムは彫像《ちょうぞう》の後ろからのぞき見た。あたりを大勢《おおぜい》の人とロボットが行き来している。ふたりの少女がディスプレイケースのそばに立ち、ケースを指さして何やら話し合っていた。

ウィリアムは立ちあがり、こわばった足でディスプレイケースに駆《か》け寄《よ》った。

「あなた、ウィリアム・ウェントンね」少女のひとりが言った。

ウィリアムは返事をしなかった。ケースの中に古いオーブと並《なら》べて置かれているものをじっと見つめていた。

コーネリア・ストラングラーの機械仕掛《じかけ》けの手が戻《もど》ってきていた。

第十一章　車を止めて！

だだっ広い食堂《しょくどう》の中では、給仕ボットたちが車輪を回転させてテーブルのあいだを行き交っている。新入りの候補生《こうほせい》たちは小さなグループごとに座《すわ》り、目玉焼きにソーセージ、トーストやパンケーキを食べていた。誰《だれ》もがおしゃべりをして笑い合っていて、コーネリアの手が消えたあと一夜のうちに舞《ま》い戻《もど》ったことなど知らずに、のほほんとしている。

「ウィリアム・ウェントン」と抑揚《よくよう》のない声がした。

焼きたてのロールパンのトレイを持った白い給仕ボットが、ウィリアムの横で止まった。

「何？」

「こちらへ」ロボットは言い、進んでいく。「七番テーブルに席を用意してあります。みなさんがお待ちです」

よく訓練されたすべるような動きで、給仕ボットはビュッフェを急いで行き来する人々《ひとびと》のあいだを通り抜《ぬ》けていった。トレイを頭の上に高く掲《かか》げ、ひとつのロールパンも転げ落ちることなくバランスを取っている。

ウィリアムは七番テーブルまでついていった。そこにはイスキアと、昨日会った候補生《こうほせい》たちがいた。もう朝食を食べはじめている。

ウィリアムがテーブルにつくと、パンケーキとジャムをのせた皿が運ばれてきた。皿の横には、火星ジュースの入った大きなグラスが。

「不可能《ふかのう》な暗号を解《と》こうとすると発作に襲《おそ》われるって本当なの？」焼きたてでまだ湯気があがっている大きなパンをひと口かじり、顔をしかめながら、金髪《きんぱつ》の少女がたずねた。

頬《ほお》が熱くなるのを感じながら、ウィリアムはうなずいた。テーブルを囲《かこ》む候補生《こうほせい》たちは、興味津々《きょうみしんしん》の様子でウィリアムを見つめている。ウィリアムは皿を見おろし、パンケーキに集中しようとした。

「でもさ、だったら発作に襲《おそ》われるっていうのとはちょっと違《ちが》うんじゃない？」少年のひとりが言った。「だって、暗号解読《かいどく》を手伝ってもらえるってことは、どっちかというと助けになるってことだよね？」

「まあ、ある意味では」ウィリアムは大きな口でパンケーキを食べた。が、すぐにペッと吐《は》きだした。まるで古びた厚紙《あつがみ》みたいな味だ。

「最近は料理があまり美味《おい》しくなくて」イスキアが自分の皿を押《お》しやって言った。

「何があったの？」ウィリアムは口に残った味を消そうとジュースをぐいっと飲んだ。

「新しく入った調理ボットだよ。まだ研修中《けんしゅうちゅう》なんだ」ひとりの少年が答えた。

　ウィリアムはまだパンケーキをあきらめる気になれなかった。ふた口めはもう少し美味《おい》しく感じられるかもしれない。そう思ってもうひと口食べてみたけれど、三回噛《か》むのがやっとで、また吐《は》きだすはめになった。濡《ぬ》れたトイレットペーパーと合成粘土《ごうせいねんど》を混《ま》ぜたような味だ。

「ロンドンの地下にトンネルを掘《ほ》ってるとき、どうしてエイブラハム・タリーがルリジウムを見つけたんだと思う？」別の少女が問いかけた。

「まったくの偶然《ぐうぜん》でしょ」イスキアが即答《そくとう》した。

「ぼくもそう思う」ウィリアムはイスキアをチラリと見て言った。

「それからエイブラハムはすっかり頭がおかしくなって、クリプトポータルを通って宇宙《うちゅう》に旅立つ前にきみを殺《ころ》そうとしたのか？」また別の少年がきいた。

「うーん、まあ……」ウィリアムはパンケーキへの敗北を認《みと》めて、皿を押《お》しやった。

「そちらはお済《す》みですか？」片付《かたづ》けボットが声をかけ、ウィリアムに答える間も与《あた》えず皿をさげていった。

「あなたにも同じことが起きるかもって心配じゃない？」金髪《きんぱつ》の少女がたずねた。

「起きるって、何が？」ウィリアムはきき返した。

「頭がおかしくなるんじゃないかって。悪人になるんじゃないか、とか」

ウィリアムはなんと答えていいかわからなかった。

「ウィリアムの体内のルリジウムは、エイブラハム・タリーほど多くないから」イスキアが言った。

「それは知ってる。ウィリアムは体の半分だけがルリジウムなんでしょ」少女は言った。

「フレディには何があったんだろう？　なんでエイブラハムといっしょにクリプトポータルをくぐり抜《ぬ》けたのかな？」ピカピカの歯列矯正器《しれつきょうせいき》をつけた少年が発言した。

「わからない」とウィリアムは答えた。

「大きな謎《なぞ》だよね」イスキアがあとを続けた。

「エイブラハム・タリーはきっと、行きたいところならどこへでも行けるようになったんだよ。じきにルリジウムを引き連れて、わたしたちを滅《ほろ》ぼすため地球に戻《もど》ってくるはず」眼鏡《めがね》をかけたショートカットの少女が言った。

二体のゴシップボットが近くを通り過《す》ぎるあいだ、みんなはおしゃべりをやめた。

第十一章　車を止めて！

「もうこの話はおしまい」イスキアは周りを見まわし、なんの話をしていたか誰《だれ》にも気づかれていないことを確《たし》かめた。「この件《けん》は話題にしちゃだめ。ここではね」

少しのあいだ、みんなはだまっていた。

ウィリアムはテーブルの周りのほかの候補生《こうほせい》たちを見た。みんなはぼくをヒーローか何かみたいに見つめている。自分では、ヒーローなんてほど遠い気分なのに。有名人扱《あつか》いされるのもいやだった。新しい候補生《こうほせい》たちは全員、ぼくのことを知っているようだ。有名になってしまったら、どうすれば研究所をこっそり偵察《ていさつ》できる？　方法を考えないと。

ウィリアムはイスキアを盗《ぬす》み見た。早く朝食時間が終わってほしい、そうしたら彼女《かのじょ》とふたりきりになって、昨夜のうちに発見したことや、スラッパートン先生からきいたことを話せるのに。

「ウィリアム」と声がした。顔をあげると、ゴッフマンが立っていた。「少し話せるかね？」

ウィリアムは立ちあがった。

「またあとでね」イスキアが笑顔で言った。

ウィリアムはうなずき、ゴッフマンのあとについて食堂《しょくどう》から廊下《ろうか》に出ていった。

「どこに行くんですか？」

ゴッフマンは「きみの両親が外で待っている」とだけ言い、歩きつづけていく。

「ふたりは帰るの？」ウィリアムは不安になった。

「そうだ」ゴッフマンはこっちを見もしないで答えた。

ゴッフマンは玄関《げんかん》ホールのほうへと進んでいき、ウィリアムは後ろから彼《かれ》を観察することができた。ゴッフマンは少し足を引きずってる？　そんなふうに見えた。それに、いつもみたいに髪《かみ》が綺麗《きれい》に整えられていない。だけど、スラッパートン先生がいなくなって、仕事が増《ふ》えたのかもしれない。きっとそれが負担《ふたん》になっているんだろう。スラッパートン先生が話してくれたことについてゴッフマンがどれだけ知っているのか、ふたりきりになったいまが確《たし》かめるチャンスだ。

「あの……」ウィリアムは口を開いた。

「なんだね？」

「あの、ちょっと気になってて……あのピラミッドについて何かわかりましたか？」

「たいしたことはわかっていない」ゴッフマンはそう言って、歩きつづけた。「調べるにはもうしばらく時間がかかる」

「あれはなんだと思いますか？」ウィリアムは食いさがった。

第十一章　車を止めて！

「さあ。なんであってもおかしくない」

　ゴッフマンの返事は練習したみたいに単調にきこえた。まるでウィリアムの質問《しつもん》に備《そな》えていたみたいに。

「じゃあ、オービュレーター・エージェントのことは？」この名前をだせばゴッフマンの不意を突《つ》き、準備《じゅんび》されたのではない本物の反応《はんのう》を引きだせるはずだとわかっていた。

　ゴッフマンは足を止め、ゆっくりふり返ると、いかめしい顔でウィリアムを見た。その目は暗く怒《いか》りがこもっていたが、すぐに満面の笑みを浮《う》かべた。

「なるほど、彼《かれ》のことをきいたわけか？　不思議な話だ。私《わたし》が思うに……」ゴッフマンは口をつぐむと、さらに大きな笑みを浮《う》かべてウィリアムの髪《かみ》をくしゃくしゃにした。「オービュレーター・エージェントは古い神話に過《す》ぎない。実在《じつざい》するなどとは誰《だれ》も信じていないのだ。研究所の噂話《うわさばなし》にいちいち耳を貸《か》してはならんぞ。わけもわからずしゃべり立てているだけなのだからな」

「でも、古い羊皮紙に書かれていたことは――？」ウィリアムは言いかけたけれど、すぐさまゴッフマンにさえぎられた。

「オービュレーター・エージェントなど存在《そんざい》しない、わかったか？」ゴッフマンは背《せ》を向けて、研究所の建物からずんずん出ていった。

ウィリアムはそれ以上きかないことにした。ピラミッドが保管《ほかん》されている場所を自力で突《つ》き止めて、取り戻《もど》すしかない。オービュレーター・エージェントは理由があって、あれをぼくにくれたんだ。

建物の外に出ると、車のそばに両親が待っていた。父さんの姿《すがた》を見て、ウィリアムは立ち止まった。父さんはもう外骨格《エキソスケルトン》を身に着けていない。新しいスーツに身を包み、顔いっぱいに笑みを浮《う》かべて立っている。補助《ほじょ》器具とわかるものを身に着けずに立っている父さんを見るのは、何年ぶりのことだろうか。

「どうだ？」父さんは新しいスーツを見せびらかそうとするみたいに両手を広げてみせたが、実際《じっさい》には完全に自分だけの力で立っていられることを見せつけているのだ。

「これは素晴《すば》らしい進歩だぞ」父さんを指さしながら、ゴッフマンが言った。

父さんはシャツのボタンをはずし、スーツの下にあるものを見せた。灰色《はいいろ》に光っている。

「きみの父さんが身に着けているのは、まったく新しいタイプのウルトラスーツだ。これは外骨格《エキソスケルトン》として機能《きのう》する。着用している者の現有《げんゆう》する筋力《きんりょく》を、電気インパルスが増幅《ぞうふく》させるのだ」ゴッフマンが説明した。

第十一章　車を止めて！

父さんはシャツのボタンをかけ直すと、ウィリアムに向かってニッと笑ってみせた。

「最高にかっこいいだろう？」父さんは言った。

ウィリアムはうなずいた。こんなに嬉《うれ》しそうな父さんを見るのは初めてだ。

「もう行かなきゃ」母さんが車のドアをあけながら言い、ウィリアムを見やった。

「こうなることをずっと夢見《ゆめみ》てたんだ。イギリスに帰って、友人や親戚《しんせき》に会いにいけることを。積もる話がある」父さんが言った。

「これからウェールズにいるお父さんのお兄さんのもとを訪《たず》ねるのよ。わたしたちがノルウェーに越《こ》してから、会っていなかったから」母さんはウィリアムに笑いかけた。「お父さんはついさっきお兄さんと電話で話したの。伯父《おじ》さんはあなたに会うのが待ちきれないって」

短い沈黙《ちんもく》があり、ウィリアムは少しのあいだ両親を見つめてただ立ち尽《つ》くしていた。どうすればいいのかわからなかった。父さんと母さんは、ぼくがいっしょに行くことを望んでいる？ゴッフマンを見あげたけれど、表情《ひょうじょう》のないその顔から得《え》られるものは何もなかった。

「ぼ、ぼくもいっしょに行くの？」ウィリアムは両親のほうを向くと、つっかえながら言った。

「もちろん、そうだ」それ以外はありえないというみたいに父さんは即答《そくとう》した。「ゴッフマンからきいてなかったのか？」

ウィリアムは首をふった。

「みんな、こうするのがいちばんだと思っている。いまここにいるのは、きみにとって安全ではない。ご両親といっしょに小旅行するのが最善《さいぜん》の行動だ。その大きな脳《のう》を休ませてあげたまえ」ゴッフマンは骨《ほね》ばった指でウィリアムの髪《かみ》をくしゃくしゃとなでた。

「さあ、もう出発したほうがいいわ。暗い中を運転するのは嫌《きら》いなの」母さんは車に乗るようウィリアムに合図したあと、運転席に乗り込《こ》んだ。

しぶしぶながら、ウィリアムは車のところへ歩いていくと、ドアをあけて後部座席《ざせき》に乗り込《こ》んだ。ゴッフマンを見やると、その場にじっと立っている。その唇《くちびる》にかすかな笑みを浮《う》かべたように見えた。

父さんが助手席に腰《こし》をおろした。

母さんがエンジンをかけ、車は走りだした。

「きっとこうするのがいちばんよ。研究所では奇妙《きみょう》なことが起きすぎているでしょう。家族でゆっくり過《す》ごしましょう。あなたもくつろげるわ。エネルギーを蓄《たくわ》えなくちゃね」

母さんがアクセルを踏《ふ》み込《こ》むのに合わせてエンジンがうなりをあげ、ウィリアムの体はシートに押《お》しつけられた。リアタイヤの下から砂利《じゃり》がはね飛ばされる音がきこえた。ゴッフマンを

第十一章　車を止めて！

ふり返ると、相変わらずその場に立ったままで、ウィリアムが本当に出ていくのを見届《みとど》けたがっているみたいだ。混乱《こんらん》して、ウィリアムは額《ひたい》を掻《か》いた。なんでゴッフマンはぼくを遠ざけたがっているのだろう？　それに、どうしてあの奇妙《きみょう》なピラミッドを奪《うば》ったのか？　郵便配達《ゆうびんはいたつ》人《にん》は、ぼくひとりで見るようにと言ったのに。何かがおかしい。

研究所の敷地《しきち》の境界《きょうかい》となっている錬鉄製《れんてつせい》の大きな門の前で車は止まった。ふたつの門がゆっくり開くと、車はまた走りだした。

ウィリアムは両手を膝《ひざ》にはさみ、死にものぐるいで考えていた。あのピラミッドを取り返さなきゃならない。あの不思議な男の人がぼくにピラミッドをくれたのには、ちゃんと理由があるはずだ。研究所に戻《もど》らないと。

ズボンのポケットに手を突《つ》っ込《こ》み、スラッパートン先生にもらった金属製《きんぞくせい》の折りたたまれたヘッドバンドを取りだした。

「車を止めて！」ウィリアムはさけんだ。

第十二章 ホログラムマスク

ウィリアムは道路を走っていった。

車から降《お》ろすよう両親を説得《せっとく》するのは驚《おどろ》くほど簡単《かんたん》だった。本当のところ、ウィリアムは研究所の自家用機ですぐに追いかけるという見えすいた嘘《うそ》をついたのだが、おじいちゃんのバックアップを取りに戻《もど》らなきゃならなくて、再起動《さいきどう》させるのに少し時間がかかりそうだと話したので、両親は信じたのだ。その点については嘘《うそ》でもない、完全な真実じゃないというだけで。

研究所の門のてっぺんに取りつけられている監視《かんし》カメラが左右に首をふっている。カメラに映《うつ》らず中に入るのは不可能《ふかのう》だとわかっているし、ウィリアム・ウェントンはもう研究所にはいないはずだと警備《けいび》ボットに伝えられているかもしれなかった。スラッパートン先生にもらったホログラムマスクの出番だ。そしてイスキアを捜《さが》さなきゃ。ひとりでは無理だけど、計画は立ててあった。

ウィリアムは金属製《きんぞくせい》のヘッドバンドを装着《そうちゃく》し、ボタンを押《お》した。目の前がピカッと光った。

それだけで、ほかには特に気づいたことはなかった。顔を触《さわ》ってみたけれど、自分の肌《はだ》の感触《かんしょく》しかない。ホログラムマスクは作動していないのだろうか？

少し離《はな》れたところに水たまりを見つけ、そこまで歩いていって、水に映《うつ》る姿《すがた》を確《たし》かめた。暗い水の中からこっちを見つめ返している顔を見て、ウィリアムは飛びあがった。しわだらけの肌《はだ》に大きな口ひげ、白髪頭《しらがあたま》の老人。まるでアルバート・アインシュタインだ。ばかげている。若《わか》い少年の体に老人の頭をのせて歩き回れるはずがない。変装《へんそう》だとすぐにばれてしまうだろう。

ヘッドバンドの後ろのボタンをもう一度押《お》してみた。

また顔が変わった。今度は女の人だ。ウィリアムはもう一度試した。

赤毛にそばかすの少年が見つめ返してきた。

これなら完璧《かんぺき》だ、とウィリアムは思った。

ふいにエンジンの低い音がきこえ、ふり返ると、こっちに近づいてくる一台のバスが見えた。

ウィリアムはやぶの後ろに駆《か》け込《こ》んで隠《かく》れた。

バスはスピードをゆるめ、ブレーキのかん高い音を響《ひび》かせて、門のそばにつけて止まった。

ウィリアムは思いきってチラリとのぞいてみた。同年代の子どもたちの一団《いちだん》が物珍《ものめずら》しそうに窓《まど》の外をながめている。研究所にやって来た、さらなる候補生《こうほせい》たちだ。

考えるよりも先に、ウィリアムは背中《せなか》を曲げながらバスのほうへと走りだしていた。たどり着くのと同時にバスは動きだし、ウィリアムはバンパーに飛び乗ってバスにしがみついた。

バスは門をくぐり抜《ぬ》け、砂利道《じゃりみち》をガタガタと進んだ。きっと見つかってしまう――それか、ふり落とされる、とウィリアムは思っていた。

けれど、バスは正面入口の前で止まり、ウィリアムはぴょんと飛び降《お》りて隠《かく》れた。

子どもたちがバスから続々《ぞくぞく》と降《お》りてきて、すぐにあたりは興奮《こうふん》のざわめきに満ちていった。

ウィリアムは角の向こうからのぞき見た。子どもが十四人と大人がひとりだ。

隠《かく》れていた場所から出ていき、集団《しゅうだん》にこっそり近づいてまぎれ込《こ》み、最後尾《さいこうび》にくっついた。

「みんな揃《そろ》ってる？」先頭に立っている女性《じょせい》がきいた。

グループのみんなはうなずいた。

女性《じょせい》は研究所のエンブレムのついた紫色《むらさきいろ》のスーツのジャケットを着ている。ウィリアムは彼《かの》女《じょ》を見たことがあり、こっちも知られているに違《ちが》いなかった。でも、さしあたっては、ホログラムマスクをしていればだいじょうぶだろう。

「わたしについてきて」と女性《じょせい》は言い、研究所のほうをふり向いて階段《かいだん》をのぼっていく。

こんなふうに、まるで初めて訪《おとず》れるみたいに研究所に入るのは不思議な感じがした。ほかの

第十二章　ホログラムマスク

みんなを見ると、興奮《こうふん》に目を見開いている。ここで何が起きているのか知りもせずに。

「〈ポスト・ヒューマン研究所〉へようこそ」女性《じょせい》は両手を大きく広げ、候補生《こうほせい》たちは広々《ひろびろ》した受付エリアに足を踏《ふ》み入れた。

グループのみんながハッと息をのんだが、あたりを埋《う》め尽《つ》くす人々《ひとびと》の声とロボットの立てる音にかき消された。白衣を着た男女が激《はげ》しい討論《とうろん》を交わしながら、足早に部屋を横切っていく。若《わか》い候補生《こうほせい》の一団《いちだん》がそれぞれのオーブを見せびらかし、掃除《そうじ》ボットが仕事をするため大勢《おおぜい》の人とロボットのあいだを通り抜《ぬ》けようとしていた。

「わたしはここで失礼します」と女性《じょせい》が話を続けた。「誰《だれ》よりも信頼《しんらい》のおけるフィールドアシスタントのひとり、イスキアがあとを引き継《つ》ぐことになってるわ。彼女《かのじょ》がみなさんを案内します」

イスキアがこっちに近づいてくるのを見て、ウィリアムの心臓《しんぞう》が一瞬《いっしゅん》止まった。

「ようこそ！」イスキアはほほえみながらあいさつした。

新しい候補生《こうほせい》のグループはイスキアのあとについて大きな廊下《ろうか》を通り抜《ぬ》けた。

ウィリアムはいまも集団《しゅうだん》の最後尾《さいこうび》にいる。

イスキアが本館とその裏手《うらて》にある公園を案内するあいだ、候補生《こうほせい》たちは目をぱちくりさせながらあたりを見まわしていて、いまはエスカレーターでのぼっているところだ。ウィリアムがふり返って玄関《げんかん》ホールを見おろすと、警備《けいび》ボットの一団《いちだん》が人混《ひとご》みをかきわけて進んでいるのが目に入った。ぼくがここにいるのがばれてしまったのだろうか？

「こっちだよ」エスカレーターをのぼりきると、イスキアは言った。

小さなグループはイスキアのあとに続き、クリプトポータルの展示《てんじ》のところにやって来た。

イスキアは足を止め、みんなのほうをふり向いた。ウィリアムはまた階下の玄関《げんかん》ホールにチラリと目をやった。警備《けいび》ボットたちは手当たり次第に人を止め、額《ひたい》をスキャンして身元を確認《かくにん》している。

ウィリアムが加わっているこのグループのところにも、警備《けいび》ボットがやって来るのは時間の問題だ。そうなれば、たちまち見つかってしまうだろう。

「ぐずぐずしないで」とイスキアが呼《よ》びかける声がした。

イスキアはイライラした様子でウィリアムを見つめていた。「全員が揃《そろ》わないと始められないんだから。急いで」

イスキアはクリプトポータルの展示《てんじ》のほうにくるっと向き直り、展示《てんじ》をにらんだ。何が展示《てんじ》されているのか、説明したくないみたいだった。

「バスに乗ってなかったよね」ウィリアムのとなりで声がした。

「え?」ふり返ると、ひとりの少女が首をかしげながらこっちをじっと見ていた。ウィリアムの心臓《しんぞう》がバクバクしはじめた。ゲームオーバーなのか?

「みんなといっしょのバスで来なかったでしょ。元のグループからはぐれちゃったの?」少女はたずねた。

ウィリアムはイスキアをちらっと見たけれど、いまの話はきこえなかったようだ。

「うん。この前の回で見学しそびれちゃったからさ、こっちに参加するしかなくて」ウィリアムは小声で話した。

「ああ、そういうことね」少女はその説明に納得《なっとく》したようにうなずきながら言った。

「額《ひたい》のスキャンを」背後《はいご》から抑揚《よくよう》のない声がした。

ウィリアムはふり向いた。三人の警備《けいび》ボットがこっちに近づいてきていた。真ん中の警備《けいび》ボットは額《ひたい》のスキャナーを掲《かか》げている。残りのふたりは、パッシベーターで武装《ぶそう》していた。

第十三章

玄関《げんかん》ホールで

急いで考える必要があった。額《ひたい》のスキャナーを手にした警備《けいび》ボットは、ついさっきウィリアムに話しかけてきた少女の前で止まったのだ。

少女はとまどい、キョロキョロした。そしてウィリアムと目を合わせた。

ウィリアムは逃《に》げだしたくなる気持ちを抑《おさ》えた。取り乱《みだ》したらだめだ。見つかったらそこで終わりで、ピラミッドを取り戻《もど》すこともあきらめるしかなくなる。

「前かがみになって。おでこをスキャンして、きみが誰《だれ》なのかを調べようとしてるだけだよ」

とウィリアムは言った。

少女はゴクリと息をのみ、ウィリアムに言われたとおりにした。前かがみになり、ぎゅっと目をつぶる。

「痛《いた》くないからね」ウィリアムは声をかけた。

警備《けいび》ボットは少女の額《ひたい》にスキャナーをかざした。赤い光が二度点滅《てんめつ》したあと、緑色に変わった。

「異常《いじょう》なし」と警備《けいび》ボットは言い、背《せ》の高い痩《や》せた少年のほうを向いた。「額《ひたい》のスキャンを」

少年は両手を後ろにやって、おとなしく上半身を前に傾《かたむ》けた。

ウィリアムが盗《ぬす》み見ると、イスキアはまだディスプレイケースのそばに立っていた。ウィリアムはグループのところに戻《もど》り、めだたないように手をふったけど、イスキアはこっちを見てくれない。背《せ》の高い少年を見ていた。額《ひたい》のスキャナーが緑色に光った。

「異常《いじょう》なし」警備《けいび》ボットが宣告《せんこく》した。

ウィリアムはイスキアの注意を引こうと、もっと熱心に手をふった。

「おーい」と小声でささやいた。

それでもイスキアは気づかなかった。ウィリアムは進みつづけ、彼女《かのじょ》にずっと近づいた。

「イスキア」

ようやく、イスキアはウィリアムに目をやった。

「グループからはなれちゃだめ。パッシベーターで撃《う》たれるかもしれないんだからね」イスキアはヒソヒソ言った。

相手がウィリアムだとわからないのは当然だ。イスキアが見ているのは、なじみのない赤毛の少年なのだから。

ウィリアムは警備《けいび》ボットをこっそり見やった。まだグループの残りのみんなをスキャンするのにかかりっきりだ。

「ぼくだよ」ウィリアムはイスキアのすぐ横で止まり、ささやいた。

「ぼく？　なんのこと？　ふたり揃《そろ》ってパッシベーターで撃《う》たれる前に、みんなのところに戻《もど》りなさいよ」イスキアは言った。

「ぼくだって！　ウ、ウ、ウ、ウィリアムだよ」

「ウィリアム？」イスキアはすっかり頭がおかしくなった相手を見るような目をウィリアムに向けた。

「ウィリアム・ウェントンだ」ウィリアムはイスキアに身を寄《よ》せながら言った。

「はあ？」

「警備《けいび》ボットにはぼくだとわからない。ホログラムマスクをつけてるから。助けてほしい。説明はあとだ」

イスキアはまだわけがわからないようだ。

見せるしかない。

第十三章　玄関ホールで

　ウィリアムは片手《かたて》をあげて、金属製《きんぞくせい》のヘッドバンドの後ろにあるボタンを探《さが》した。顔の前が一瞬《いっしゅん》パッと光った。イスキアは目を見開いた。ウィリアムは体を横に傾《かたむ》けて、ガラスのディスプレイケースに映《うつ》る姿《すがた》を確《たし》かめた。またアルバート・アインシュタインの顔になっている。

「ウィリアム？」イスキアはおびえた目で警備《けいび》ボットをチラリと見た。「あいつらが捜《さが》してるのはあんたなの？」

「ゴッフマンはぼくが両親と出ていったと思ってる。でも、引き返してきたんだ」ウィリアムはまたボタンを押《お》し、ギリギリのところで赤毛の少年の顔に戻《もど》った。

「そこのおまえ」警備《けいび》ボットが言った。

　額《ひたい》のスキャナーを手にした警備《けいび》ボットがウィリアムに近づいてきた。

「額《ひたい》のスキャンを」

　ウィリアムはイスキアを見つめた。

「走って！」イスキアはささやいた。

「え？」

「走って。あたしが食い止めておくから」イスキアはそう言うと、すばやい動きでディスプレイケースの横についた警報器《けいほうき》のボタンを押《お》した。オーブやウィリアムの写真、コーネリアの手を囲《かこ》むべく、床《ゆか》から金属製《きんぞくせい》の壁《かべ》が上昇《じょうしょう》していく。

警報《けいほう》が鳴り響《ひび》きはじめた。額《ひたい》のスキャナーを手にした警備《けいび》ボットはピタッと止まり、ディスプレイケースの中をのぞき込《こ》んだ。

「なんとかして落ち合おう。話すことが山ほどあるんだ」ウィリアムは小声で伝えると、背《せ》を向けて全速力で走った。

第十四章

議論ボット

ウィリアムは敷地内《しきちない》の最も奥《おく》まった場所にひとりで座《すわ》っていた。この〈サイバネティックス・ガーデン〉はずっと前に閉鎖《へいさ》されてしまった。ケージの大半が空《から》っぽになっていたが、機械仕掛《じか》けの植物がいまでもいくつかは残っている。ウィリアムは横にあるケージをのぞいてみた。不活性化《ふかっせいか》された食虫植物が頭を垂《た》れていた。口から錐《きり》のように鋭《するど》い鉄の歯が突《つ》き出ている。

この温室が少しでも安心できる唯一《ゆいいつ》の場所になるなんて、皮肉なものだ。だけど、ひとりになれる場所で考える必要があった。計画を立てないと。どうやってピラミッドを捜《さが》せばいい？　それに、どうやってスラッパートン先生を捜《さが》そう？　どういうわけか、コーネリアの手が消えてまた戻《もど》ってきたという奇妙《きみょう》な出来事が、今回のすべてのことになんらかの関係があると、ウィリアムは直感的にわかっていた。

ガチャンと低い金属音《きんぞくおん》がきこえて、ウィリアムは飛びあがった。何者かが温室に入ってきた。ウィリアムはあとずさりし、さらに奥《おく》へとさがっていく。警備《けいび》ボットだろうか？　見つかってしまった？　暗すぎて相手が何者なのか見えないが、目がぼんやり赤く光っているので、ロボットに違《ちが》いなかった。ウィリアムはもう一度のぞいてみた。ほかのどの旧型《きゅうがた》ロボットでもなく——あれは議論《ぎろん》ボットだ！　ロボットは草深い芝《しば》の上で止まり、また動きだした。

ウィリアムはロボットを目で追った。

出ていってもだいじょうぶだろうか？

ふらふらと二、三歩踏《ふ》みだした。

ウィリアムを見つけると、議論《ぎろん》ボットは停止《ていし》した。ギョッとしながら、しばし立ち尽《つ》くしている。ウィリアムはホログラムマスクをつけたままだったことを思いだした。頭の後ろにあるボタンに触《ふ》れると、顔の前がピカッと光った。

相手がウィリアムだとわかり、議論《ぎろん》ボットは顔を輝《かがや》かせた。

「あんたか」と言って、ウィリアムのほうへ近づいてきた。あと数メートルというところで止まり、鋭《するど》い目でウィリアムを観察している。

議論《ぎろん》ボットは耳に手を触《ふ》れ、ささやいた。「彼《かれ》を見つけたぞ」

それからウィリアムを手招《てまね》きして言った。「いっしょに来てくれ。ここは安全じゃない」

ウィリアムはとまどい、動かずにいた。

「パッシベーターで撃《う》たれでもしたのか？　急ごう。みんなが待ってる」議論《ぎろん》ボットは言った。

「誰《だれ》が？」

「ベンジャミン・スラッパートンと、ほかのみんなだ。いまは議論《ぎろん》している暇《ひま》はない。議論《ぎろん》するなら、あとで喜《よろこ》んで相手になるぜ」長身のロボットはふり返り、研究所のほうへ戻《もど》りはじめた。「ここに残っていたら、警備《けいび》ボットに見つかるのは時間の問題だ。そうなっちまったら、議論《ぎろん》してもやめさせることはできない」

「ぼくをどうやって見つけたの？」研究所の本館へと芝生《しばふ》を走って横切りながら、ウィリアムはたずねた。

「ベンジャミンがあんたにわたしたホログラムマスクに発信器がついてる」議論《ぎろん》ボットは答えた。「それと、もう口を閉《と》じておいたほうがいい。見つかるわけにはいかないからな。あんたを倉庫まで連れていかないと」

「倉庫？」

「シーッ！」議論《ぎろん》ボットは本館に向かう足を止めずに、ウィリアムを黙《だま》らせた。

ウィリアムはアドレナリンでゾクゾクするのを感じた。

ふたりは研究所の本館に通じる裏口《うらぐち》のドアへやって来た。議論《ぎろん》ボットがコントロールパネルに暗証番号《あんしょう》を入力していく。

ドアがビーッと短い音を立てて開いた。中にはエレベーターがあった。壁《かべ》は汚《きたな》く、床《ゆか》は枯《か》れ枝《えだ》と枯《か》れ葉で埋《う》め尽《つ》くされている。壁《かべ》の一面にはひび割《わ》れが走っていた。

議論《ぎろん》ボットは中に入り、ウィリアムも来るよう手招《てまね》いた。

エレベーターの中のパネルによると、研究所にはウィリアムが思っていたよりもさらに多くの階が存在《そんざい》するらしい。いつかすべてを見ることができるだろうか。

「上へ参ります」落ち着いた女性《じょせい》の声が告《つ》げた。

「このエレベーターは主に庭師《にわし》ボットが使ってるんだ」議論《ぎろん》ボットが説明した。

「これからどこへ行くの？」ウィリアムは質問《しつもん》した。

「〈がらくたロボット倉庫〉へ」

「がらくたロボット？」

「ゴッフマンはそこに引退《いんたい》したロボットをすべて押《お》し込《こ》んでいる。ひどいところさ。耐《た》えがたい環境《かんきょう》だよ」

エレベーターが止まり、ドアがスッと開いた。議論《ぎろん》ボットはエレベーターを降《お》りた。「行くぞ。あまり時間がない。上に行くには、もう一台エレベーターを乗り継《つ》がないと――」議論《ぎろん》ボットがそれ以上言う間もなく、青い光が胸《むね》に直撃《ちょくげき》し、四方八方に火花を飛び散らせた。

議論《ぎろん》ボットは少し体をぐらつかせたあと、前のめりになって、大きな金属音《きんぞくおん》を響《ひび》かせながら床《ゆか》に倒《たお》れ込《こ》んだ。

第十五章 エレベーター・シャフト

議論《ぎろん》ボットは、開いたドアのすぐ先にある廊下《ろうか》の床《ゆか》に倒《たお》れ、動かない。ウィリアムはエレベーターの中をすばやく観察した。天井にハッチがある。映画《えいが》では何度も観たことがあるけど、ぼくにできるだろうか?

電動機のブーンという音が近づいてきている。やってみるしかない。

ウィリアムはよじのぼり、エレベーターの両側にある手すりに片足《かたあし》ずつかけてバランスを取った。足を踏《ふ》ん張《ば》り、非常用《ひじょうよう》ハッチに片手《かたて》を当てて押《お》してみる。ハッチが開いた。

ウィリアムは背伸《せの》びをして、開口部のへりを両手でつかみ、体を引っぱりあげていく。苦戦したが、必死にがんばって胴体《どうたい》をへりの上まで引きあげた。さらに足まで引っぱりあげると、ハッチをパタンと閉《と》じるのと同時に、電動機の音がさらに近づくのがきこえた。

エレベーターの上は暗くて寒かった。ウィリアムはハッチをきちんと閉《し》め切っていなかったことに気づき、心臓《しんぞう》が飛びだしそうになった。隙間《すきま》からエレベーターの一部と議論《ぎろん》ボットが見える。ウィリアムから見えるということは……警備《けいび》ボットからもこっちが見えるということだ。
手を伸《の》ばしてハッチを閉《と》じようとしたけれど、ふたりの警備《けいび》ボットがエレベーター扉《とびら》のすぐ外で止まるのを見て、とっさに手を引っ込《こ》めた。ひとりがエレベーターの中に入り、あたりを見まわした。

ウィリアムは暗闇《くらやみ》のさらに奥《おく》に引っ込《こ》み、息を詰《つ》めた。

「ほかには誰《だれ》もいない」警備《けいび》ボットが宣告《せんこく》した。

「じゃあ、そいつだけだったのか？」麻痺《まひ》している議論《ぎろん》ボットを示《しめ》し、もうひとりが言った。

「だが、話し声がきこえたのに」

警備《けいび》ボットはエレベーターの中を調べた。「ひとりで議論《ぎろん》してたんじゃないか？」

「ロボットはひとりごとを言わない」もうひとりが言った。「わかりきったことだ」

「悪いが、おれはそうは思わないね」議論《ぎろん》ボットが口を開いた。

「気づいたぞ」警備《けいび》ボットが議論《ぎろん》ボットにパッシベーターを向けた。

「動いたら撃《う》て」もうひとりの警備《けいび》ボットが言い、頭から赤い光線を放った。光線はエレベーターの中をスキャンしはじめ、手際《てぎわ》よく壁《かべ》の上へと移動《いどう》していく。

ウィリアムは凍《こお》りついた。あと数秒もすれば見つかってしまう。

「ハッピー・バースデー・トゥ・ユー」議論《ぎろん》ボットがいきなり歌いはじめた。「ハッピー・バースデー・ディア……バナナ……大砲《たいほう》……ココアパウダー……」

警備《けいび》ボットがスキャンをやめ、赤い光線が消えた。ふり返り、旧型《きゅうがた》の議論《ぎろん》ボットをつくづくながめた。

「メエ、メエ、黒ひつじさん……はい、はい、あります、三袋《ふくろ》……ベーキングパウダー……**ケーキミックス！**」

「あのロボット、誤作動《ごさどう》を起こしてるぞ」エレベーターの中にいる警備《けいび》ボットが言った。「まずいことを言いだす前に、倉庫に連《つ》れ戻《もど》そう」

「おまえのかーちゃん、ブリキ缶《かん》！」議論《ぎろん》ボットがさけんだ。

「おい、そこまでだ」警備《けいび》ボットのひとりが言い、議論《ぎろん》ボットを押《お》さえ込《こ》んだ。「人の母親のことを口にするな」

「おまえに母親はいないだろうが。ロボットなんだからな、このバカめ」議論《ぎろん》ボットが言い返した。

「バカはそっちだ！」もうひとりの警備《けいび》ボットが言った。「もう口を閉《と》じてじっとしてろ！」

「おまえのかーちゃん、iPad！」議論《ぎろん》ボットはにべもなく言った。

ビッと音がして、議論《ぎろん》ボットは静かになった。

ウィリアムは暗闇《くらやみ》の中に座《すわ》り、ふたりの警備《けいび》ボットが議論《ぎろん》ボットを引きずっていくのを見守った。

「人の母親のことをあんなふうに言うなんて許《ゆる》せない。たとえ我々《われわれ》に母親がいなくても」と警《けい》備《び》ボットは話していた。

ウィリアムは電動機の音が完全にきこえなくなるまで待ってから、ようやく息を吐《は》いた。

頭上の暗いエレベーターシャフトを見あげた。下のハッチからの光で、周りの状況《じょうきょう》がかろうじてぼんやりつかめた。横にはエレベーターを支《ささ》えているケーブルがある。ウィリアムはケーブルをつかみ、体を引っぱりあげた。上へのぼっていかないといけない。片足《かたあし》を壁《かべ》にかけて、ケーブルを使って体を引きあげ、のぼりはじめた。

数分後、ウィリアムはシャフトのてっぺんにたどり着いていた。三階分を通り過《す》ぎてきた。体が痛《いた》み、汗《あせ》だくだ。下方に広がる暗いシャフトをのぞき込《こ》み、目の前にあるエレベーターの二枚扉《にまいとびら》を見た。「**緊急時用《きんきゅうじよう》！**」と記された機械式のレバーがついている。

ウィリアムはケーブルから片手《かたて》をはなし、レバーのほうへ伸《の》ばした。レバーをつかむと、残っている力をふりしぼって引きさげた。

ドアが開き、その先に長い廊下《ろうか》が現《あらわ》れ、ウィリアムはそっちに移動《いどう》した。足が震《ふる》え、手のひらが焼けるように熱い。ケーブルをよじのぼっているあいだはアドレナリンがみなぎっていたせいか、どんなに疲《つか》れているか気づかずにいた。ただただ横になりたかったけれど、止まるわけにはいかない。

研究所の中で、この場所はめったに使われていないようだ。床《ゆか》には灰色《はいいろ》のほこりが積もり、一歩踏《ふ》みだすごとに舞《ま》いあがった。ときどき、ほこりの中に足跡《あしあと》を見つけた。古いものもあれば、新しいものもある。

廊下《ろうか》の突《つ》き当たりにたどり着き、足を止めた。行き止まりだ。白い壁《かべ》に囲《かこ》まれている。床《ゆか》の上には、赤いペンキで「X」と印がつけてある。

ウィリアムは壁《かべ》の一面に近づき、なめらかな表面に手を走らせた。こぶしでコンと叩《たた》いてみたけれど、硬《かた》そうな音がした。

ウィリアムは目を閉《と》じた。ここに暗号が隠《かく》されているなら、必ず体に震《ふる》えを感じるはずだ。

何も起きず、また目をあけると、赤い「X」のところまで歩いていき、その真上に立った。

真上の天井から低い声が響《ひび》き、ウィリアムは飛びあがった。「パスワードは？」

第十五章　エレベーター・シャフト

天井にはマンホールのふたほどの白いハッチがあった。ほとんど見分けがつかないほどだ。

「パスワードがわかるか?」声が質問《しつもん》した。

「えーと」

「えーと?」声はくり返した。「それはパスワードじゃない」

「〈がらくたロボット倉庫〉を探《さが》してるんだけど。近くにあるかな?」ウィリアムはきいた。

天井は静かだった。

ウィリアムはじっと待っていた。「あの?」

その声にはききおぼえがあった。「ドアかい?」

「ウィリアム?　きみなのか?」

「ウィリアム!」ハッチが言った。

ウィリアムは顔を輝《かがや》かせた。懐《なつ》かしい、あのドアだ。

「こんなところで何をしてるんだ?　引退《いんたい》したんじゃなかったのか」

「そうさ。ここではたいしてすることもない」ドアは話した。

「倉庫に入りたいんだ。スラッパートン先生がぼくを待ってる」

「すごいぞ!　何かが起きているってことだな」

「何が起きてるんだ?」ウィリアムはたずねた。

「さあ。革命《かくめい》とか?」ドアはためらいがちに言った。

「革命《かくめい》?」

「ベンジャミンにきいてくれ。ここでは彼《かれ》がボスだ」

ハッチが開き、大きなガラスの筒《つつ》が降《お》りてきて、ウィリアムの真上で停止《ていし》した。

「本当にここから入りたいんだな?」ドアは確認《かくにん》した。

「〈がらくたロボット倉庫〉に通じているのなら」ウィリアムは答えた。

「お望みどおりに」

筒《つつ》がさがり、ウィリアムの周りを囲《かこ》んだ。

「幸運を祈《いの》るよ!」ドアは言った。

ウィリアムの体は吸《す》いあげられた。

第十六章
がらくたロボット倉庫

ウィリアムは紫色《むらさきいろ》の液体《えきたい》がたまったプールにザブンと落っこちた。底まで沈《しず》み、必死に両手を動かして水面まであがろうとした。液体《えきたい》がブクブクと泡立《あわだ》っているせいで、どっちが上でどっちが下かわからない。苦い味のする液体《えきたい》が口に入り、酸素《さんそ》が足りず肺《はい》が焼けるように熱くなった。パニックに陥《おちい》っていく。さらに手足をバタバタさせたが、無駄《むだ》だった。

急に何かに体をつかまれて、引っぱりあげられるのを感じた。お腹《なか》の中までいっぱいに息を吸《す》い込《こ》み、新鮮《しんせん》な空気で肺《はい》を満たした。目から液体《えきたい》をぬぐい取り、何度かまばたきをすると、自分のいる場所が見えた。

大きな白い部屋で、プールの上に吊《つ》りさげられている。

「除染完了《じょせんかんりょう》」天井のスピーカーから低い声のアナウンスがあった。

肩《かた》ごしにふり返ると、吊《つ》り下げ式のロボットアームがウィリアムをがっちりつかんでいるのが見えた。

ロボットアームがスイングし、ウィリアムをプールから遠ざけて床《ゆか》に降《お》ろした。

するとロボットアームは天井のハッチに消え、大きなヘアドライヤーのようなものを携《たずさ》えて戻《もど》ってきた。

「乾燥開始《かんそうかいし》」スピーカーの声がアナウンスした。

ドライヤーから温風が激《はげ》しい勢《いきお》いで吹《ふ》きだし、ウィリアムはまっすぐ立っていられないほどだ。

「じっとして。仕事をさせてちょうだいよ」とドライヤーが指図した。

ウィリアムは風の勢《いきお》いで壁《かべ》に押《お》しつけられ、洋服は吹《ふ》き飛ばされそうなぐらいはためいている。

「乾燥完了《かんそうかんりょう》」とアナウンスが響《ひび》くと、ロボットアームはまた天井に引っ込《こ》んだ。

「倉庫への移動準備完了《いどうじゅんびかんりょう》」声がアナウンスした。

背後《はいご》からゴトゴトと低い音がきこえてきた。ふり向くと、壁《かべ》が真ん中から分かれている。壁《かべ》一面《いちめん》が巨大《きょだい》なドアになっていたのだ。天井からロボットアームがスッと降《お》りてきて、ふたたびウィリアムをつかんだ。ウィリアムの体を持ちあげ、ドアをくぐらせる。ロボットアームはウィリアムを反対の端《はし》に降《お》ろすと、最初の部屋に引っ込《こ》んでいった。ドーンと高らかな音を響《ひび》かせて、ドアがまた閉《し》まった。

ウィリアムはいまいる広い部屋を観察した。金属製《きんぞくせい》の高い棚《たな》で梁《はり》までいっぱいになった、大きな屋根裏《やねうら》みたいな部屋だ。棚《たな》には、ほこりをかぶったロボットの部品がぎゅうぎゅうに詰《つ》め込《こ》まれている。ロボットの腕《うで》、脚《あし》、手、足、頭まである。

「ウィリアムか？」なじみある声がした。

スラッパートン先生がロボットの一団《いちだん》とともに立っていた。旧型《きゅうがた》の掃除《そうじ》ボット、食堂《しょくどう》で見たことのあるロボット、旧型《きゅうがた》の警備《けいび》ボットがふたり。ウィリアムは肩《かた》の力が抜《ぬ》けるのを感じた。

〈がらくたロボット倉庫〉に無事たどり着いたのだ。

「どうしてあっちから入ってきたんだ？　殺菌消毒薬《さっきんしょうどくやく》を通って？」スラッパートン先生がたずねた。

「どういうことですか？」

「そっちにある正面入口を使えばよかったのに」先生はそう遠くないところにある普通《ふつう》のドアを指さした。「それに、マックスはどこだ？」

「マックス？」ウィリアムはきき返した。

「マックスがきみをここに連れてくるはずだったんだが——議論《ぎろん》ボットだよ」

「ああ、マックスは警備《けいび》ボットにパッシベーターで撃《う》たれちゃって。ぼくひとりでここに来ました」ウィリアムは話した。

「そうか」スラッパートン先生は両手を握《にぎ》り合わせた。「つまり、あまり時間がないということだな。連中がいつ来てもおかしくない。行こう」

スラッパートン先生は背《せ》を向けると、棚《たな》のあいだを急いで進み、ロボットたちもすぐあとに続いた。古い世代の警備《けいび》ボットの一団《いちだん》がドアの前に立ち、襲撃《しゅうげき》に備《そな》えた。

ウィリアムが追いついたとき、スラッパートン先生はすべての棚《たな》の中央にある開けた場所にいて、金属製《きんぞくせい》の大きなテーブルのそばに立っていた。先生はロボットに囲《かこ》まれていて、全員がウィリアムを見ている。

「来たね」と声がした。

イスキアだ。

「きみもここにいたのか?」ウィリアムはさけんだ。

イスキアはうなずいた。「玄関《げんかん》ホールでの出来事のあと、スラッパートン先生が捜《さが》しに来てくれたんだ。いまのところ、ここがいちばん安全な場所だろうって。あたしもホログラムマスクをもらったよ」イスキアはヘッドバンドを掲《かか》げてみせた。

第十六章　がらくたロボット倉庫

「おしゃべりはそこまでだ。対処《たいしょ》すべき重大な問題がある」スラッパートン先生が言った。先生はウィリアムを手招《てまね》いた。

テーブルの上には、古そうな設計図《せっけいず》が置かれている。

「これは研究所の最初の見取り図だ。ここが本館。ここが公園。これらはかつてここに建てられていた廃墟《はいきょ》となった古い城だ」

スラッパートン先生は黒インクで「**廃墟**《はいきょ》」と書かれた場所を人差し指で押《お》さえた。廃墟《はいきょ》の横には「パスワード：ロレム・イプサム」と記入されている。

「これはなんのパスワード？」ウィリアムは質問《しつもん》した。

「あとで説明する」と先生は返事した。

ウィリアムはイスキアを見やった。この倉庫で何が進行しているのか、実際《じっさい》のところ彼女《かのじょ》はどこまで知っているのだろうか。

「いま、あれはこの場所にある」スラッパートン先生は見取り図の廃墟《はいきょ》を指で叩《たた》いた。

「あれって？」ウィリアムはきいた。

「クリプト・アナイアレイターだ」先生はそう言うと、それがなんのことなのか、とっくにわかっているはずだと言わんばかりに、ウィリアムを見た。

「で、それは何？」イスキアがたずねた。

「高度な暗号破壊機《はかいき》だよ。難解《なんかい》な暗号を暗号化しなおして破壊《はかい》し、二度と解読《かいどく》できなくするためのものだ。それほど昔のことでもないが、私《わたし》はこの装置《そうち》の開発を課せられた。あくまで実験のためだったはずなのに、まさかあのピラミッドの暗号みたいに貴重《きちょう》なものを破壊《はかい》するため、ゴッフマンが実際《じっさい》に使おうとするとは。私《わたし》の発明が、とてつもない損害《そんがい》をもたらしかねない。いまは、原子爆弾《げんしばくだん》を発明したあとできっとオッペンハイマーも味わったのと同じ気分だよ。ばかなことを！」

スラッパートン先生は首をふった。

「ビッグベンの警報《けいほう》が鳴ったとき、ゴッフマンは私《わたし》からクリプト・アナイアレイターを奪《うば》った。取り返すべきだとわかっていたから、身を隠《かく》していたんだ。ゴッフマンはクリプト・アナイアレイターを使って、ピラミッドの暗号を破壊《はかい》するつもりだ」

少しのあいだ、先生はじっとウィリアムを見つめていた。

「証拠《しょうこ》はないが、私《わたし》は最悪の事態《じたい》を恐《おそ》れている。この研究所には、きみがピラミッドの暗号を解《と》いて、そこに隠《かく》されているものを手に入れるのを阻止《そし》するためなら、手段《しゅだん》は選ばないという陣営《じんえい》が存在《そんざい》する」

「暗号には何が隠《かく》されているの？」イスキアが質問《しつもん》した。

「エイブラハム・タリーが地球に帰還《きかん》するのを止められる唯一《ゆいいつ》のものだよ」先生は答えた。

「それは何？」イスキアはまた質問《しつもん》した。見るからにじれったそうだ。

スラッパートン先生は話したくないみたいに、ウィリアムをすばやくチラリと見た。

「何があるんですか？」ウィリアムは問いただした。

「アンチ・ルリジウムだ」先生はついに答えた。「いま詳《くわ》しいことを説明している時間はない。この話はまたあとで」

アンチ・ルリジウム。ウィリアムはその響《ひび》きが気に入らなかった。

「ぼくたちがアンチ・ルリジウムを手に入れるのを阻止《そし》したがっている、研究所内の陣営《じんえい》っていうのは……」ウィリアムは顔をしかめた。「ゴッフマンのことを言ってるんですか？」

「クリプトポータルから戻《もど》って以来、ゴッフマンは変わってしまった。それでも、研究所の多数の人々《ひとびと》が彼《かれ》を支持《しじ》してきた。ビッグベンの警報《けいほう》とオービュレーター・エージェントが急に浮《ふ》上《じょう》したことも、状況《じょうきょう》を悪化させただけだ」

周りにいるロボットたちが不安そうにブツブツ言った。

ウィリアムは頭をフル回転させていた。

スラッパートン先生を信用できるだろうか？　ボサボサの髪《かみ》と不安そうに頰《ほほ》をヒクヒクさせている様子を見ると、ゴッフマンよりもおかしいんじゃないかと思えるほどだ。

「クリプト・アナイアレイターはここにある」スラッパートン先生はまた見取り図を指さした。「廃墟《はいきょ》の地下深くにある秘密《ひみつ》の部屋に。じきに何者かが私《わたし》の発明品を使って、ゴッフマンがきみから奪《うば》ったピラミッドの暗号を破壊《はかい》しようとするだろう」

「もしも彼《かれ》らが暗号を破壊《はかい》しおおせたら、ぼくたちは二度とアンチ・ルリジウムを手に入れられないことに……？」ウィリアムはためらいながら話した。「そうなったら、エイブラハムに対抗《たいこう》できるものは何もなくなる？」

スラッパートン先生はうなずいた。

「オービュレーター・エージェントはぼくにピラミッドをくれた。ぼくが暗号をすぐに解《と》いていれば、こんなことにはならなかったんだ」

「決めつけるのは早いぞ。きみがすぐに解読《かいどく》しなかったのは、むしろよかったんだ」先生はもごもご言った。

「どうして？」

「羊皮紙にはこう書かれている……」先生は話しはじめたけれど、途中《とちゅう》でやめて咳払《せきばら》いをした。

そして、最後まで話すのを明らかに渋《しぶ》りながら、ゴクリとつばを飲んだ。「……暗号を解《と》こうとして失敗した者は……死ぬ」

　ささやかな集団《しゅうだん》に冷たい沈黙《ちんもく》が落ちた。

「じゃあ、ぼくが学校で暗号を解《と》こうとしてうまくいかなかったら、ピラミッドに殺《ころ》されてたってこと？」

「そうだ、羊皮紙に書かれていることを信じるのであれば」そこで先生は口をつぐんだ。

「いま何より重要なのは、廃墟《はいきょ》に降《お》りていって、ゴッフマンがピラミッドを破壊《はかい》するのを防《ふせ》ぐことだ。困難《こんなん》だろうが、これだけいればやり遂《と》げられるはずだ……とにかく、そう願っている」

「革命万歳《かくめいばんざい》！」ロボットのひとりが、宙《ちゅう》にこぶしを突《つ》きあげながらさけんだ。

「**革命万歳《かくめいばんざい》！**」残りのロボットたちも声を揃《そろ》えてさけんだ。

「**万歳《ばんざい》……**」**ズガーン！**　ロボットのひとりが青い光線で撃《う》たれ、火花に包まれながら床《ゆか》に倒《たお》れた。

　ウィリアムがふり向くと、新型《しんがた》の警備《けいび》ボットたちがこっちに向かってきていた。ひとり残らずパッシベーターで武装《ぶそう》している。

第十七章 革命《かくめい》開始

「イスキア、ウィリアム、走れ！」スラッパートン先生がさけんだ。「きみたちが捕《つか》まるわけにはいかない。ここは我々《われわれ》が食い止める」

ウィリアムはイスキアの手を取り、引っぱっていった。

ふたりは棚《たな》のあいだに駆《か》け込《こ》んで警備《けいび》ボットから離《はな》れ、物がぎっしり詰《つ》まった棚《たな》の後ろにさっと身を隠《かく》した。ウィリアムが顔を突《つ》きだして見ると、新型《しんがた》の警備《けいび》ボットはすでにスラッパートン先生と引退《いんたい》したロボットたちの小さな集団《しゅうだん》を取り囲《かこ》んでいた。

「あたしたちには気づいてないよね」イスキアがヒソヒソ言った。

「そう願おう」ウィリアムもささやき返した。

「これからどうする？」

「ぼくは廃墟《はいきょ》に降《お》りて、あのピラミッドを手に入れないと」

「〝ぼくは〟ってどういう意味？」

第十七章　革命開始

「スラッパートン先生の話をきいただろ。危険《きけん》だよ」ウィリアムは暗い顔でイスキアを見た。

「ひとりじゃ絶対《ぜったい》にやり遂《と》げられないよ。あたしもいっしょに行く」イスキアはいらだちのにじむ声で言った。

「それはどうかな」背後《はいご》からうつろな声がした。

ふり向くと、白い警備《けいび》ボットがパッシベーターの狙《ねら》いをぴたりと定めているのが見えた。

「立て！」と警備《けいび》ボットは命令した。

ふたりはゆっくり立ちあがった。ウィリアムは武器《ぶき》として使えるものがないかと、あたりを見まわした。ロボットの目らしき球が詰《つ》まった木箱に視線《しせん》を落とす。だけど、どうしようというのか？　警備《けいび》ボットに目玉を投げつける？

「残りの連中のところに行け」警備《けいび》ボットがパッシベーターをふりながら指示《しじ》した。

警備《けいび》ボットの言葉に従《したが》うよう、ウィリアムはイスキアに身ぶりで示《しめ》した。ふたりはスラッパートン先生とロボットたちのところへ戻《もど》った。

「たいした革命《かくめい》だな」白い警備《けいび》ボットのひとりがニヤニヤ笑った。

「ここでどんな革命《かくめい》を企《くわだ》てていたんだ？」別の警備《けいび》ボットがたずねた。

「実は、革命《レボリューション》というより、むしろ修繕《リノベーション》でね」スラッパートン先生は真面目くさった表情《ひょうじょう》を崩《くず》さずに言った。

「修繕《しゅうぜん》だって？　どんな修繕《しゅうぜん》だ？」警備《けいび》ボットがきき返した。

「修繕《しゅうぜん》するんだ……その金属《きんぞく》の顔をな」先生はそう言うと、背中《せなか》に隠《かく》し持っていたロボットの脚《あし》のスペアを使って、警備《けいび》ボットの顔をなぐりつけた。

警備《けいび》ボットはよろよろとあとずさりし、ひっくり返った。床《ゆか》に倒《たお》れてピクリともしない警備《けいび》ボットを、残りの警備《けいび》ボットたちはじっと見つめている。

「たったこれだけで、おれたちは作動しなくなるのか？」仲間たちを見ながら、警備《けいび》ボットのひとりが言った。

「当然だ。おまえらは私《わたし》が作ったんだぞ。耐久力《たいきゅうりょく》はさほどないのさ」スラッパートン先生は言った。

警備《けいび》ボットたちは顔を見合わせた。

「**革命《かくめい》を始めよう！**」ロボットの脚《あし》を頭上でふりまわしながら、スラッパートン先生はさけんだ。

「いよいよか」棚《たな》のあいだのどこからか、低い声がした。

ウィリアムはふり返った。初めは金属《きんぞく》のスクラップしか見えなかったが、それが動いていることに気づいた。金属製《きんぞくせい》の巨大《きょだい》なロボットが姿《すがた》を現《あらわ》した。スラッパートン先生の身長の三倍はある。

ウィリアムは息をのんだ。

どの棚《たな》もガタガタと金属音《きんぞくおん》を響《ひび》かせはじめ、巨大《きょだい》なロボットが一体、また一体とぞろぞろ出てきて、最終的に十体の巨大《きょだい》ロボットが革命《かくめい》の参加者たちを取り囲《かこ》んだ。巨大《きょだい》ロボットたちは、さまざまなスクラップを組み合わせて作りあげられているようだった。

「いよいよだ！　行くぞ、クラッターボット！」スラッパートン先生が声をあげた。

警備《けいび》ボットたちは、パッシベーターで撃《う》たれたとしても、これほどまでに体がすくむことはなかっただろう。

とつぜん、クラッターボットの一体が「**攻撃開始《こうげきかいし》ーーー！**」とさけびながら、警備《けいび》ボットのほうへと突進《とっしん》していった。

床《ゆか》を振動《しんどう》させながら、残りのクラッターボットもあとに続いた。

警備《けいび》ボットは無我夢中《むがむちゅう》でパッシベーターを撃《う》つことで対抗《たいこう》した。けれど、どうにか一体を麻《ま》痺《ひ》させても、倉庫に置かれたぎゅうぎゅうの棚《たな》から、新たに二体が転がり出てきた。

大混乱《だいこんらん》だった。ウィリアムとイスキアは隙《すき》を見て逃《に》げだし、棚《たな》のあいだの暗闇《くらやみ》の中にこっそり引き返した。

ウィリアムがそこから倉庫に入ってきた壁《かべ》の開口部のそばで、ふたりは立ち止まったが、いまそのドアは閉《し》まっていた。ふたりのあとをつけてくる者はいないようだ。

「ぼくはここから入ってきたんだ」ウィリアムは言った。

「どうやってあけるの？」イスキアは片手《かたて》で壁《かべ》をなでた。

「見当もつかない。スラッパートン先生は別のドアを教えてくれたけど」ウィリアムはあたりを見まわした。

ふいに、室内のどこかでピューンという音がして、さらに電気的な雑音《ざつおん》が続いた。

ウィリアムがイスキアを棚《たな》の後ろに引っぱるのと同時に、警備《けいび》ボットの新たな群れが通り過《す》ぎた。警備《けいび》ボットたちが行ってしまうとすぐに、ウィリアムとイスキアは走りだし、ちょうど閉《し》まりかけているエレベーターのドアを見つけた。

ウィリアムは近くにあった棚《たな》で最初に手が触《ふ》れた重いものをつかむと、走るスピードをあげた。あのドアが完全に閉《し》まる前に止めないと。視線《しせん》を落とすと、金属製《きんぞくせい》の丸いロボットの頭が見えた。

「何をしているんだ？」ロボットの頭は、目をパチッと開いてたずねた。

「ごめん。でも、これできみも革命《かくめい》の参加者だよ」ウィリアムは言った。

「いいね」とロボットの頭は言った。

ウィリアムはスピードをゆるめ、すべるように片膝《かたひざ》をつき、片手《かたて》を後ろに引いてしならせると、エレベーターに向かってボウリングの球みたいにロボットの頭を転がした。ロボットの頭はびっくりして、転がりながらわめき声をあげていたが、やがてエレベーターのドアにがっちりはさまった。ウィリアムはすぐ後ろにいたけれど、開口部は通《とお》り抜《ぬ》けられるほど広くなかった。ウィリアムはドアを押《お》しあけようとした。

「手を貸《か》して」イスキアのほうを見て、歯を食いしばりながら言った。ふたりで力を合わせて、どうにか通《とお》り抜《ぬ》けられる広さまでドアを開く。中に入ってウィリアムがロボットの頭をつかむと、エレベーターのドアはチーンと音を立てて閉《し》まった。

「やっぱり、きみにも来てもらったほうがよさそうだ」ウィリアムはイスキアにそう言って、ロボットの頭を上着の下に押《お》し込《こ》んだ。

第十八章

廃墟《はいきょ》

ウィリアムとイスキアは研究所の裏《うら》にある暗い公園を走《はし》り抜《ぬ》けた。

「完全にどうかしてる。クリプト・アナイアレイターがピラミッドを破壊《はかい》するのを、どうやって阻止《そし》すればいいっていうの？」イスキアがヒソヒソ言った。

「さあね、でも、ぼくたちがやらなきゃいけないことは、まさにそれだ」ウィリアムは少し前に身を潜《ひそ》めていた〈サイバネティックス・ガーデン〉のケージをチラリとふり返った。

いま、ケージのそばにはふたりの警備《けいび》ボットが立っている。あっちにもこっちにも、ほかのロボットたちのシルエットが見えた。温室は厳重《げんじゅう》に警備《けいび》されている。

ふたりは見つからないよう、公園の端《はし》に沿《そ》って立つ高い壁《かべ》の影《かげ》から出ずにいた。もう誰《だれ》にも見つからないと確信《かくしん》が持てると、ウィリアムは足を止めた。

「廃墟《はいきょ》がどこにあるか知ってる？」ウィリアムはきいた。

「一度も行ったことがないよ。でも、公園の奥《おく》にある池の向こう岸だってことは知ってる」イ

第十八章　廃墟

スキアは目の前に広がる暗闇《くらやみ》を指さした。「昔ここに建っていた中世のお城の廃墟《はいきょ》なの。敷地《しきち》の一部にいまでも地下通路が走ってるんだけど、降《お》りることは禁止《きんし》されてる」

「なんで？」

「あまり頑丈《がんじょう》じゃないから。いつ崩《くず》れ落ちてもおかしくないんだ」とイスキアは話した。

「クリプト・アナイアレイターを隠《かく》すにはもってこいの場所みたいだね」ウィリアムは進みつづけた。

ほどなく、ふたりは池の向こう岸に立っていた。ウィリアムは、のぼったばかりの満月を見あげた。

「急いで入口を探《さが》さないと」

「どうやって？」イスキアは周囲《しゅうい》を見わたした。ふたりは古い廃墟《はいきょ》に囲《かこ》まれている。大きな石がゴロゴロ転がっていて、苔《こけ》が茂《しげ》り、草や灌木《かんぼく》に覆《おお》われている。

「入口はこのへんにあるはずだ」ウィリアムはささやいた。近くで足音がきこえ、ぴたりと足を止める。

ふたりの人物がこっちにやって来た。暗いせいで相手が誰《だれ》なのか見えなかったが、月明かりの下に入ったとき、うりふたつの老女だとわかった。ひとりは黒いスーツ、もうひとりは白衣を着ている。

ウィリアムはイスキアの手をつかみ、灌木《かんぼく》の後ろに引っぱり込《こ》んだ。

少し先のほうで足音が止まり、金属《きんぞく》と金属《きんぞく》が不満そうにキーッとこすれ合う音がした。蝶番《ちょうつがい》のさびた扉《とびら》が開くような音だ。ウィリアムはその音にゾッとした。

しばらくしてウィリアムが顔をのぞかせたときには、女性《じょせい》たちの姿《すがた》はなかった。

「あのあたりのどこかに入っていった」指さしながら小声で言った。

壁沿《かべぞ》いに忍《しの》び足で進んでいくと、やがて石材の山にたどり着き、イスキアとウィリアムは入口を探《さが》しはじめた。

「ねえ、ここ」イスキアがヒソヒソ言い、灌木《かんぼく》をかきわける。

その後ろには、さびた地下室の扉《とびら》らしきものがあった。

「錠《じょう》はない。取っ手だけだ」ウィリアムはつぶやいた。

手を伸《の》ばし、キーッと音を立てながら扉《とびら》を開いた。

苔《こけ》に覆《おお》われた石造《いしづく》りの古びた階段《かいだん》が、下方の暗闇《くらやみ》へと延《の》びている。きこえるのは、水がしたたる音の反響《はんきょう》だけだ。急にウィリアムは地下に降《お》りるのがいやになったけれど、いまさら引き返すわけにもいかない。

「誰《だれ》か来る」イスキアが声を潜《ひそ》めて言った。

「行こう」ウィリアムは階段《かいだん》を降《お》りはじめ、イスキアもあとに続いた。

鉄の扉《とびら》を閉《し》めると、完全な暗闇《くらやみ》に包まれた。ウィリアムは片手《かたて》を横に伸《の》ばし、湿《しめ》ったでこぼこの壁《かべ》に触《ふ》れた。

「何も見えないよ」暗闇《くらやみ》のどこからかイスキアがささやいた。

鉄の扉《とびら》の向こう側から誰《だれ》かがごそごそやっている音がして、しゃがれ声の怪物《かいぶつ》みたいな音を立てて扉《とびら》が引きあげられる。冷たい月光がまた降《ふ》り注いだ。

ウィリアムとイスキアは階段《かいだん》のいちばん下までたどり着き、石造《いしづく》りの狭《せま》い通路を進んでいった。壁《かべ》にはたいまつが並《なら》び、かすかな明かりが揺《ゆ》れている。

「隠《かく》れよう」ウィリアムは横にある部屋を示《しめ》した。「あそこに」

ふたりは部屋に駆《か》け込《こ》み、冷たい壁《かべ》に体を押《お》しつけながら、足音が近づいてくるのをきいていた。

ふたりが隠《かく》れている部屋を、三人が通《とお》り過《す》ぎた。身長からすると、大人のようだ。ホログラムマスクをつけているのは間違《まちが》いない、全員が同じおばあさんの顔をしていた。

三人がじゅうぶん遠く離《はな》れてから、ウィリアムは部屋の外をのぞいた。

「マスクをあのおばあさんの顔に変えなきゃ」ウィリアムは頭の後ろを手探《てさぐ》りし、ボタンを押《お》して顔を変えていった。「おばあさんの顔になったら教えて」

ふたりともホログラムマスクを老女の顔にして、さっきの三人のあとについていくと、また別の古い鉄の扉《とびら》があった。

ひとりが手をあげて扉《とびら》をノックした。短く三回、長く三回、短く一回、長く一回、短く一回。

小さな横開きのハッチがスライドし、ウィリアムには遠すぎてきき取れなかったけれど、ノックした人物は何やらボソボソつぶやいた。

三人は中に入り、大きな音をとどろかせて扉《とびら》が閉《し》まった。

ウィリアムは廊下《ろうか》を進んでいき、同じ合図で扉《とびら》をノックした。

小さなハッチが開いた。

「パスワードを」と暗い部屋の中から低い声がした。

ウィリアムとイスキアはぼんやりと宙《ちゅう》を見つめるばかりだ。

「パスワードは？」いまでは少しいらだちの混《ま》じった声がくり返した。

そのときウィリアムは、スラッパートン先生が見せてくれた見取り図と、地図上の廃墟《はいきょ》の横にインクで書かれていた言葉を思いだした。

「ロレム・イプサム」

ハッチがまた閉《し》まり、扉《とびら》が開いた。

第十九章
地下室の集会

ウィリアムはまっすぐ前を見つめて立ち尽《つ》くしていた。ふたりがいるのは、石造《いしづく》りの壁《かべ》の割《わり》と小さな部屋で、中世のダンジョンみたいだ。

目の前には三十人ほどの人々《ひとびと》が着席していて、全員が同じ老女の顔をしている。
二、三人がこっちをふり向き、ウィリアムとイスキアを見た。彼《かれ》らは会釈《えしゃく》し、ウィリアムも会釈《えしゃく》を返した。部屋の奥《おく》には簡易《かんい》ステージが設置《せっち》されていて、白い布《ぬの》をかぶせられた品が展示《てんじ》されている。
「座《すわ》ろう」ウィリアムは最後列のあいている席を指さした。

部屋にいるほかの人々《ひとびと》は、ふたりのことはどうでもいいようだ。みんな期待を込《こ》めてステージを見つめている。

とつぜん、ステージのそばの照明が三回点滅《てんめつ》して、出席者たちはシーッと言い合った。ウィリアムはステージにおりた幕《まく》の奥《おく》の動きに目を引かれた。

幕《まく》の隙間《すきま》から筋張《すじば》った手が出てきて、幕《まく》を左右に引いた。また新たな老女が進み出てくる。

ウィリアムは体をなるべく縮《ちぢ》こまらせようとした。

「ようこそ」ステージの上の老女があいさつした。「では始めましょう。私《わたし》の前にあるのはクリプト・アナイアレイター、そしてこれが、紳士《しんし》淑女《しゅくじょ》の皆様《みなさま》、我々《われわれ》が待ちわびていたものです」

老女がケープの下から金属製《きんぞくせい》のピラミッドを取りだしてみせると、一同がハッと息をのんだ。

「あれだ」ウィリアムは指さしながらつぶやいた。

「兵器入手への鍵《かぎ》となるピラミッドの暗号を持って、オービュレーター・エージェントが戻《もど》ってきました。そして、選ばれし者も見つけた。だが、ウィリアム・ウェントンに解読《かいどく》する間を与《あた》えず、私《わたし》はこれを手に入れてみせたのです。羊皮紙は真実を伝えている」老女は熱狂的《ねっきょうてき》な拍《はく》手喝采《しゅかっさい》を浴びた。

ステージに立つ老女の正体に気づき、ウィリアムは全身をぶるっと震《ふる》わせた。長身でほっそりした体型《たいけい》、あのスーツ。筋張《すじば》った手指。フリッツ・ゴッフマンに違《ちが》いない。

昨日まで味方だと信じていた人……何度となく命を救《すく》ってくれた人……それが、こんなにガラッと変わってしまうなんて。それとも、前からずっと邪悪《じゃあく》な人間だったのだろうか？

ステージ上の人物が頭の後ろの何かに触《ふ》れると、老女の顔が本来の顔にパッと変わった。フリッツ・ゴッフマンだ。髪《かみ》は後ろになでつけられていて、片目《かため》がどこかおかしい。右目は焦点《しょうてん》が合っていて普通《ふつう》に見えるが、左目は狡猾《こうかつ》そうに室内をせわしなく見まわしていて、まるで左右でまるっきり別々《べつべつ》のものを見ているようだ。

「長いあいだ、こうなることを待ちつづけてきた」ゴッフマンは話を続けながら移動《いどう》して、クリプト・アナイアレイターの後ろに立った。「とうとう、このときが来ました。この研究所で行われているプロセスの頂点《ちょうてん》。我々《われわれ》は開発の途中《とちゅう》にある。よりよい方向への。そして私《わたし》が——みなさんが！　この開発を先導《せんどう》していくのです」

ゴッフマンは口をつぐみ、アナイアレイターを見つめた。

「これはクリプトポータルで為《な》された進化の直接的《ちょくせつてき》な結果だ」ゴッフマンはゴクリとつばをのんだ。「尊敬《そんけい》すべきお集まりの皆様《みなさま》、我々《われわれ》の完全な支配《しはい》はもうすぐそこまで来ています」

「進化？　いったいなんの話をしてるの？」イスキアがヒソヒソささやいた。

ゴッフマンは聴衆《ちょうしゅう》を見わたした。いまはまっすぐウィリアムを見据《みす》えているような気がした。ウィリアムは身をこわばらせた。ゴッフマンに気づかれているんじゃないか、イスキアといっしょに見つかってしまうのではないかと不安だった。あるいは、これは罠《わな》かもしれない。

「歴史《れきし》に残る瞬間《しゅんかん》です。オービュレーターを破壊《はかい》すれば、我々《われわれ》は無敵《むてき》になる。反対する連中は、ルリジウムの帰還《きかん》に抵抗《ていこう》する術《すべ》をなくす。エイブラハム・タリーをふたたび迎《むか》え入れられる日も近いでしょう」ゴッフマンは話した。

ウィリアムはイスキアを見た。ゴッフマンはすっかり正気を失ってしまったのか？

ゴッフマンは聴衆《ちょうしゅう》を見まわすと、仰々《ぎょうぎょう》しい身ぶりで両手を広げ、装置《そうち》に向き直った。

すばやい動きで、布《ぬの》をサッと取《と》り払《はら》う。「さあ始めよう！」

第二十章 クリプト・アナイアレイター

ステージの上には人型《ひとがた》ロボットがいた。その光景を見て、ウィリアムの背筋《せすじ》に冷たいものが走った。ロボットは死神みたいにテーブルにかがみ込《こ》んでいた。機械仕掛《じか》けの腕《うで》を広げ、ゾンビみたいに頭を垂《た》れて座《すわ》っている。恐《おそ》ろしかった。

「これがクリプト・アナイアレイターです！」ゴッフマンはロボットの前のテーブルにピラミッドを置くと、前かがみになって、ロボットの背中《せなか》の何かを押《お》した。ロボットは顔をあげ、細い目が赤く光りだし、金属《きんぞく》の体がピクピク動きはじめた。

その場の誰《だれ》もがロボットをじっと見守っている。ロボットは何度かまばたきをして、周りにいるみんなを見ようとしているみたいに首を左右に動かした。

「始める準備《じゅんび》はいいか？」ゴッフマンが問いかけると、ロボットはうなずいて返事した。

ウィリアムは呆然《ぼうぜん》として、ロボットがピラミッドを手に取るのを見つめていた。ほんの一瞬《いっしゅん》、ロボットがこっちを見つめ返しているような気がした。ロボットが頭を横に向けたとき、首から何かが突《つ》き出ているのが見えた。ウィリアムにはそれが何かすぐにわかった——おじいちゃんのメモリースティックだ。あのメモリースティックとおじいちゃんの暗号解読《かいどく》に関するすべての知識《ちしき》によって、ロボットの分析力《ぶんせきりょく》が強化されているのだろうか？

ロボットの不気味な片方《かたほう》の目から赤い光線が放たれ、ピラミッドをスキャンしていく。ロボットはすぐに輝《かがや》く金属《きんぞく》の指を動かしはじめ、まるでごく普通《ふつう》のルービックキューブみたいに、ピラミッドのさまざまなパーツを動かしていく。

ウィリアムは何か手を打つ必要があった。

ロボットがオービュレーターを破壊《はかい》するのを防《ふせ》がなければならない、とスラッパートン先生ははっきり言っていた。ウィリアムは周囲《しゅうい》の様子をうかがった。誰《だれ》もがステージに意識《いしき》を集中している。

ふと、上着の中に隠《かく》しているものを思いだした。倉庫で見つけたロボットの頭。ウィリアムはそっと取りだした。その目は赤く光っている。

「もう一度、力を貸《か》してもらえる？」ウィリアムは小声で話しかけた。

「革命《かくめい》のためなら、なんだってするさ」ロボットの頭はささやき返した。

「ねえ、何をする気なの？」イスキアはウィリアムが両手で抱《かか》えているものを見た。

「この頭を使おうと思って」ウィリアムは立ちあがった。

「ウィリアム、どうかしちゃったの……？」イスキアがそこまで言ったところで、ウィリアムはロボットの頭をふりかぶると、ステージめがけて力いっぱいほうり投げた。

「**革命万歳**《ヴィヴァ・ラ・レヴォルシオン》**！**」とロボットの頭はさけびながら空中を飛んでいき、ステージ上のクリプト・アナイアレイターの胸《むね》に直撃《ちょくげき》した。頭は大きなロボットの体に当たって跳《は》ね返り、床《ゆか》の上に転がった。クリプト・アナイアレイターは少しのあいだだけ動きを止めたが、またピラミッドのパーツをひねったり回転させたりしはじめた。

ゴッフマンがふり返り、ウィリアムをじっと見据《みす》えた。

「そいつを捕《つか》まえろ！」ゴッフマンはウィリアムを指さしながらさけんだ。

すぐそばにいたふたりの警備《けいび》ボットが、パッシベーターを構《かま》えてウィリアムのほうへ向かってきた。どこにも逃《に》げ場はない。

とつぜん、ステージからバンという音と、口笛を吹《ふ》くような大きな音がして、誰《だれ》もが動きを止めた。ウィリアムはその音を前にもきいたことがあった。

クリプト・アナイアレイターを見ると、動きを停止《ていし》していた。目の前に掲《かか》げたピラミッドの暗号が火花を散らしはじめ、激《はげ》しく振動《しんどう》している。

「そんな！」ゴッフマンが悲鳴をあげ、クリプト・アナイアレイターに駆《か》け寄《よ》った。が、ピラミッドの内部が真っ赤に光り、ゴッフマンは足を止めた。光はどんどん明るくなっていき、ピラミッド全体がエネルギーに満ちて爆発《ばくはつ》しそうに見えた。ビッ！　という大きな音に続いて、すさまじい破裂音《はれつおん》が響《ひび》きわたる。ウィリアムは爆発《ばくはつ》からとっさに顔をそむけ、両手で顔を覆《おお》った。

そのあと、あたりはシーンと静まり返った。

ウィリアムが目をあけてステージを見たときには、クリプト・アナイアレイターはもう椅子《いす》に座《すわ》ってはいなかった。テーブルの横の床《ゆか》に白熱した金属《きんぞく》の大きなかたまりがあり、ロボットの二本の足が突《つ》きだしていた。まるで足のある溶岩《ようがん》のかたまりみたいだ。ピラミッドはその隣《となり》の床《ゆか》に落ちていた。

「どうなってるんだ？」ゴッフマンがわめいた。

「ゴッフマン、きみの計画は失敗に終わったようだな」群衆《ぐんしゅう》の中からそうさけぶ声がした。

「**革命万歳《ヴィヴァ・ラ・レヴォルシオン》！**」別の声がさけんだ。聴衆《ちょうしゅう》のひとりがホログラムの電源《でんげん》を切った。スクラップ部品で作られたロボットらしかった。スラッパートン先生のクラッターボットのひとりに違《ちが》いない。

ウィリアムは周囲《しゅうい》を見まわした。もしかして、この地下にはほかにも仲間がいたんじゃないか？　案の定、ひとり、またひとりと、集会の出席者たちが次々《つぎつぎ》と立ちあがってさけんだ。

「**革命万歳《ヴィヴァ・ラ・レヴォルシオン》！**」

「出口で落ち合おう」ウィリアムは言い、イスキアを扉《とびら》に向かわせた。

「どこに行くつもりなの？」イスキアはウィリアムの腕《うで》をつかんだ。

「ぼくはピラミッドを取り返してくる！」ウィリアムはイスキアの手をふりほどき、騒《さわ》ぎの中に飛び込《こ》んでいった。ステージをめざして、椅子《いす》の背《せ》を乗り越《こ》えていく。周囲《しゅうい》の至《いた》るところで、スクラップ金属《きんぞく》でできたクラッターボットと新型《しんがた》の警備《けいび》ボットたちが戦っていた。

ウィリアムの目の前で、革命軍《かくめいぐん》のロボットのひとりにパッシベーターのビームが命中し、ロボットは床《ゆか》にくずおれた。次のビームが発射《はっしゃ》され、顔の横をかすめた。ウィリアムは床《ゆか》に腹《はら》ばいになり、這《は》い進んだ。

ステージの端《はし》にたどり着き、おそるおそる顔を突《つ》きだすと、ステージの上によじのぼり、白熱して煙《けむり》を立ちのぼらせている金属《きんぞく》のかたまりのほうへと這《は》っていく。ピラミッドに手を伸《の》ばそうというところで、背後《はいご》からゴッフマンの声がした。

「動くな！」

ウィリアムは固まり、後ろからパッシベーターの光線で撃《う》たれるのを覚悟《かくご》した。

ところが、そうはならなかった。ゴッフマンはロボットの後ろで立ち止まり、永遠《えいえん》にも思えるほど長いことウィリアムを見つめていた。片目《かため》が横を向いている。この表情《ひょうじょう》は前にもどこかで確《たし》かに見たことがある……。

ゴッフマンは前かがみになり、ウィリアムのホログラムマスクの後ろについたボタンを押《お》した。ビッという音とともに、ウィリアムの目の前がかすかに光った。

「やはりそうか。きっと研究所に引き返してくるだろうと思ってはいたが」ゴッフマンは言った。

ウィリアムは何も言い返さなかった。何がゴッフマンをこんなふうに変えてしまったのか、とにかく理解《りかい》できずにいた。

パッシベーターのビームを肩《かた》に受け、ゴッフマンはふらふらとあとずさりをして、一瞬《いっしゅん》止まったあとで倒《たお》れ込《こ》んだ。

ウィリアムが見まわすと、パッシベーターを両手で構《かま》えているイスキアの姿《すがた》があった。

「行くよ！」イスキアは大声で呼《よ》びかけた。

「待って」ウィリアムはさけび返した。

身をかがめ、小さなピラミッドを持ちあげようとしたが、どうしても取れない。溶《と》けた金属《きんぞく》にピラミッドの一部がくっついてしまっていた。

「危《あぶ》ない！」イスキアがさけんだ。

顔をあげると、ふたりの警備《けいび》ボットがステージに向かってきているのが見えた。どちらもパッシベーターを構《かま》えて、ウィリアムに狙《ねら》いを定めている。

ウィリアムは絶望《ぜつぼう》に打ちひしがれた目でピラミッドをチラリと見たあと、ステージから飛び降《お》りて、イスキアのもとへ急いだ。ふたりそろって、部屋の反対端《はんたいはし》にある扉《とびら》へと走った。何も手に入れないまま。

第二十一章 夜の木登り

ウィリアムとイスキアは地下室の扉《とびら》からよろめきながら出ていき、公園に戻《もど》った。背後《はいご》からパッシベーターのビームが発射《はっしゃ》され、鉄の扉《とびら》に当たった。バン！　まるで誰《だれ》かが、公園にいる警備《けいび》ボットたちに何かが起きていることを知らせ、どこを捜索《そうさく》すればいいか教えるため、巨大《きょだい》なゴングを鳴らしたみたいだった。

「こっちだ」ウィリアムはさけんだ。

どこか隠《かく》れる場所を見つける必要があった。考え事ができる場所、これからどうするか計画を立てられる場所を。ウィリアムはピラミッドを取り戻《もど》せるものと信じて疑《うたが》わずにいた。こうなったら行き当たりばったりでいくしかない。

闇《やみ》の中へと走り、灌木《かんぼく》のあいだをジグザグに進んだ。

「あそこ」イスキアが暗い池べりに並《なら》んだ高い木々《きぎ》を指さした。

「待った」その場で止まり、ふたりは耳を澄《す》ました。警備《けいび》ボットの低い雑音《ざつおん》が近づいてくる。

イスキアはジャンプして低い枝《えだ》をつかむと、体を前後に揺《ゆ》らして軽々《かるがる》した動きで体を引きあげ、枝《えだ》の上に腰《こし》かけた。

「おいでよ」イスキアは下にいるウィリアムに向かって手を差しだした。

「そんなやり方、どこで覚えたんだ？」ウィリアムはイスキアの手をつかみ、小声でたずねた。

「子どもの頃《ころ》、裏庭《うらにわ》に木がいっぱい生えてたの」

ウィリアムはイスキアほど優雅《ゆうが》にはいかなかったものの、数秒後には彼女《かのじょ》と並《なら》んで枝《えだ》に座《すわ》っていた。

「もっと上までのぼらなきゃ」イスキアは太い枝《えだ》から枝《えだ》へトカゲみたいにしがみつきながら、すばやく静かにのぼっていった。ウィリアムも真似《まね》しようとした。イスキアは簡単《かんたん》そうにやってみせたけど、暗い中での木登りはちっとも簡単《かんたん》じゃなかった。

少しすると、ふたりとも高い木のてっぺんに座《すわ》り、遥《はる》か下で自分たちを捜《さが》している警備《けいび》ボットのサーチビームを見おろしていた。ウィリアムは顔をあげた。ふたりが腰《こし》かけている木はほかの木々《きぎ》よりも高くそびえ、公園の反対側にある研究所の本館まで見晴らせた。

この高さだと枝《えだ》も幹《みき》もずっと細くなっていて、ほんのちょっとでも動くたびに枝《えだ》ごと揺《ゆ》れた。ウィリアムが腰《こし》かけている枝《えだ》は手首ほどの太さしかなく、いつ折れてもおかしくなさそうだ。

第二十一章　夜の木登り

「これからどうする？」イスキアがささやいた。

「さあ、どうしよう」

ウィリアムは周囲《しゅうい》を見まわして逃《に》げ道を探《さが》したが、行き場がどこにもないことにすぐに気づいた。ほかの木は遠すぎるし、飛び降《お》りるには高すぎる。逃《に》げ場はない。じっと待って、見つからないことを願うばかりだ。

木の上にいるときにパッシベーターで撃《う》たれたら、どうなるだろう。まず体の自由がきかなくなる。次に枝《えだ》から落ちて地面に叩《たた》きつけられる。

「アンチ・ルリジウムを手に入れるために、ゴッフマンがメモリースティックを盗《ぬす》んだなんて信じられる？」ウィリアムは小さな声でたずねた。

イスキアは悲しそうに首をふった。「ゴッフマンが最近変わったってことはわかってたけど、完全に正気を失っちゃったみたいだね。あたし――」

下のほうで物音がして、イスキアの話はさえぎられた。

ウィリアムたちがのぼっている木の下で、ふたりの警備《けいび》ボットが立ち止まっていた。イスキアはウィリアムの腕《うで》をつかんだ。警備《けいび》ボットの光線が木を照らし、上へと進んでいく。

上へ、上へと。

ウィリアムは息を詰《つ》め、光の動きを目で追った。もう木の半分の高さまで来ている。ウィリアムとイスキアが見つかるのは時間の問題だ。

とつぜん、どこか遠くで大きな爆発音《ばくはつおん》が響《ひび》いた。木が丸ごと揺《ゆ》れた。警備《けいび》ボットの照らす光は、ふたりのすぐ下で止まった。

研究所の屋根から黒い煙《けむり》の柱が立ちのぼっているのが見えた。

ウィリアムがふたたび目をおろしたときには、赤い光線はなくなっていて、暗闇《くらやみ》の中で警備《けいび》ボットの電動機の音が遠ざかっていくのがきこえた。

警備《けいび》ボットが行ってしまったと確信《かくしん》が持てるまで、ウィリアムとイスキアは音を立てずにいた。本館の屋根でちらちらと揺《ゆ》れているオレンジ色の炎《ほのお》を見つめていた。

「倉庫で何かが爆発《ばくはつ》したみたい」イスキアが言った。

「スラッパートン先生とみんながあそこにいる」ウィリアムは自分でも何をしているのか気づかないうちに、木の幹《みき》をおりていっていた。「なんとかしないと」

ウィリアムはいちばん下の枝《えだ》からおり、イスキアもすぐ横に着地した。警備《けいび》ボットがふたりから遠ざかり、本館のほうへ向かっている音がした。

「いったい何が起きてるの?」イスキアが問いかけた。

第二十一章　夜の木登り

「知りたければ、方法はひとつしかない」ウィリアムは研究所に向かって歩きだした。

「ちょっと、本気？　あっちには警備《けいび》ボットたちがうじゃうじゃいるんだよ」イスキアが反対した。

「ほかにどうするっていうんだ？」ウィリアムはふり返り、イスキアと向き合った。「スラッパートン先生があの中にいる。助けを必要としてるんだ」

数分後、ふたりは本館をめざして公園を走っていた。

月は空高くのぼり、芝生《しばふ》の上に集まった警備《けいび》ボットたちに冷たい光を反射《はんしゃ》させている。

「あいつらのところを通り過《す》ぎなきゃならない。ぼくが戻《もど》るまで、ここで待ってて。隠《かく》れて、出てきちゃだめだよ——何があっても」ウィリアムはきっぱり言った。

「どういうこと？」

「いいから、ここで待ってて」ウィリアムはイスキアを促《うなが》すと、反対を向いて警備《けいび》ボットたちのほうへ歩きだした。「三十分たってもぼくが戻《もど》らなかったら、ここから逃《に》げるんだ」

ウィリアムは警備《けいび》ボットの一団《いちだん》から少し離《はな》れたところで立ち止まった。警備《けいび》ボットたちは燃《も》えさかる屋根を見あげていて、ウィリアムにそろって背《せ》を向けている。建物の中のどこかで火災警報《かさいけいほう》が鳴っていた。

ウィリアムはあたりを見まわすと、すぐ横の花壇《かだん》に石ころを見つけ、拾いあげた。

「おい！」ウィリアムは大声で呼《よ》びかけ、警備《けいび》ボットに思い切り石を投げつけた。

ガランとうつろな音を立てて、石はひとりの警備《けいび》ボットの頭を直撃《ちょくげき》した。

警備《けいび》ボットたちはいっせいにウィリアムをふり返った。

いまでは後頭部に大きなへこみのできた警備《けいび》ボットがパッシベーターを構《かま》え、発射《はっしゃ》した。

第二十二章
もうひとりの声

ウィリアムはふたりの警備《けいび》ボットに挟《はさ》まれてぼろきれみたいにぶらさがり、本館の廊下《ろうか》を猛《もう》スピードで引きずられていった。

警備《けいび》ボットたちは目的地がはっきりわかっているようだ。それがまさにウィリアムの狙《ねら》いだった――ゴッフマンのもとへ直行しているのだ。

ウィリアムは体が麻痺《まひ》したままで動けなかった。新式のパッシベーターは、筋肉《きんにく》を使えなくするだけじゃないらしい。骨《ほね》までゴムにでもなったみたいだ。

廊下《ろうか》の突《つ》き当たりで警備《けいび》ボットはブレーキをかけ、ひとりがドアの横にあるコントロールパネルに暗証番号《あんしょうばんごう》を打ち込《こ》むと、ビーッといってドアが開いた。

中に入ると、そこは正面ホールだった。警備《けいび》ボットは秘密《ひみつ》の裏口《うらぐち》を使ったのだろう。ホールは警備《けいび》ボットだらけだった。動いていないエスカレーターを見あげながら、うろうろ行ったり来たりしている。何かを待っているようだ。

上階からは、ガチャガチャと騒《さわ》がしい音が遠くきこえていた。まるでよちよち歩きの幼児《ようじ》で結成された一大オーケストラが、こっちに向かってきているみたいだ。

「なぜ彼《かれ》をここに連れてきた？」なじみある声が響《ひび》いた。

ウィリアムは横を向くのもやっとだったが、ロボットたちをかきわけてこっちに向かってきているゴッフマンの姿《すがた》が見えた。すぐ後ろには赤毛の運転手を従《したが》えている。

「こいつはウィリアム・ウェントンですよ」ウィリアムを捕《と》らえている警備《けいび》ボットのひとりが言った。

「それに、こいつは我々《われわれ》に石を投げつけたんだ」もうひとりが言った。「渾身《こんしん》の力で」

「テッドめがけて」頭に大きなへこみのできた、最後尾《さいこうび》に立っている警備《けいび》ボットを指さしながら、三人目が言った。

ゴッフマンは眉《まゆ》をしかめながら、警備《けいび》ボットたちの前で足を止めた。まだウィリアムには目もくれず、左手を上着の中に突《つ》っ込《こ》んだままでいる。ウィリアムは絵の中によく描《えが》かれているナポレオンの姿《すがた》を連想した。妙《みょう》だ。左手を怪我《けが》でもしたのだろうか？

「いま、ここは立ち入り禁止《きんし》だ。特に彼《かれ》はな」ゴッフマンはまだウィリアムを見もせずに、右手で指さした。「緊急事態《きんきゅうじたい》だ。ここには許可《きょか》された者しか立ち入ることができない」

第二十二章　もうひとりの声

「だけど、そいつは石を投げて――」

「**黙《だま》れ！**」ゴッフマンは怒《ど》鳴《な》りつけた。

その怒《いか》りに満ちた目を見るのが怖《こわ》いのか、何人かのロボットはうつむいて床《ゆか》を見つめた。ゴッフマンの目には暗い影《かげ》が表れていた――見たこともない暗さで、ウィリアムはそれが怖《こわ》かった。

「ここから出ていけ！」左手をまだ上着の中に隠《かく》したまま、ゴッフマンは命じた。

ウィリアムは何か言おうとしたけれど、口が動かない。ゴッフマンに立ち向かい、どうしてこんなことをしたのかと問いただしたくてたまらなかった。

「出ていけ！」ゴッフマンは怒《ど》鳴《な》り、警《けい》備《び》ボットのひとりを思い切り突《つ》き飛ばした。警《けい》備《び》ボットはよろめいてあとずさりし、後ろにいたロボットにガチャンとぶつかった。発作か何か起こしているみたいに、ゴッフマンは体をピクピクさせ、頭を抱《かか》え込《こ》んだ。

「ここから出ていけ……**いますぐに！**」ゴッフマンは身を震《ふる》わせ、苦《く》痛《つう》に顔をゆがめた。「やめろぉぉぉ！」歯を食いしばりながら言った。

警《けい》備《び》ボットたちはドアのほうへと引き返しはじめた。ウィリアムは抗《こう》議《ぎ》したかったが、まだ声を発することもできない。身をもがき蹴《け》りつけてふりほどこうとしたけれど、弱《よわ》々《よわ》しく何度か足をバタバタさせることしかできなかった。

「待て!」ゴッフマンがさけんだ。「どこに行くつもりだ?」何かが喉《のど》につかえているかのように、いまでは奇妙《きみょう》にしゃがれたガラガラ声になっている。

警備《けいび》ボットたちは足を止めた。この矛盾《むじゅん》する命令に、とまどっているようだ。

「ここから出ていけと、たったいま言ったじゃないですか」警備《けいび》ボットのひとりが、ふり返りもせずに言った。

「そんなことは言ってない」ゴッフマンはうむを言わせぬ口調で言った。枯《か》れた耳ざわりな声になっている。「いますぐ戻《もど》ってこい!」

どうしていいのかわからず、警備《けいび》ボットたちは顔を見合わせた。

ウィリアムは警備《けいび》ボットたちに抱《かか》えられて、ぐったりしていた。ふり返って後ろを見ようとしたけれど、まだ体が言うことをきかない。

ゴッフマンの声には気になるところがあった。まるで、ゴッフマンの声に重なって――

ウィリアムは凍《こお》りついた。どうすればそんなことが? 彼女《かのじょ》はクリプトポータルで機械仕掛《じか》けの手を使って自らを粉砕《ふんさい》した。それに、なぜゴッフマンが彼女の声で話すことになったというのか?

第二十二章　もうひとりの声

「三秒だけ時間を与《あた》えよう。服従《ふくじゅう》しないロボットは、金属《きんぞく》くずにしてやる」ゴッフマンは怒《いか》りをこめてささやいた。

警備《けいび》ボットはふり返ったものの、ためらっていて、その場から動かずにいる。ウィリアムはゴッフマンを見やり、いまでは確信《かくしん》していた。何がどうあれ、フリッツ・ゴッフマンはコーネリア・ストラングラーの声で話している。

そのとき、ゴッフマンが上着から左手をだした。ウィリアムにわからせようとしているみたいに、ゆっくりした動きで。

電気ショックを受けたように、ウィリアムは息をあえがせた。

ゴッフマンはコーネリア・ストラングラーの手を持っていた。ガラスケースに展示《てんじ》していた、あの手を。

「おまえのような子を探《さが》していたんだ」ウィリアムに大またで近づきながら、ゴッフマンはコーネリアのしゃがれ声で言った。「それなのに、心優《やさ》しい愚《おろ》かなゴッフマンときたら、ずっと抵抗《ていこう》を続けていた」

ゴッフマンは警備《けいび》ボットをかきわけて進んだ。まるでスローモーションで動いているみたいだった。玄関《げんかん》ホールの雰囲気《ふんいき》が一変した。ホール全体が静まり返り、空気が冷たくなった。

ゴッフマンはウィリアムのすぐ目の前で止まると、じっと見つめたあとで、身をかがめた。いまではあのにおいがする、コーネリアにつきまとっていたのと同じ悪臭《あくしゅう》が。焼けたゴムのにおいだ。

「興味深《きょうみぶか》い少年だ」ゴッフマンはコーネリアのしゃがれ声でささやいた。「こういう子は利用できると思ったが、ゴッフマンはそれには値《あたい》しないと言って……」

ウィリアムは何も言い返さなかった。

あの機械仕掛《じか》けの手に、目が釘付《くぎづ》けになっている。

どこか上のほうで、新たな爆発《ばくはつ》が起こった。床《ゆか》が揺《ゆ》れ、玄関《げんかん》ホールにいるロボットたちがぶつかり合って、金属《きんぞく》の体がガチャンガチャンと音を立てた。

ゴッフマンはビクッとし、苦痛《くつう》に顔をしかめた。

「彼《かれ》らが来る」ゴッフマンはエスカレーターを見あげながら、普段《ふだん》どおりの声で言った。そしてウィリアムのほうをふり向くと、襟《えり》をつかんで引き寄《よ》せた。「ウィリアム、ここから出ていくんだ。私《わたし》の中に彼女《かのじょ》がいる。彼女《かのじょ》を止めるのに、私《わたし》ができることは何もない。走って逃《に》げなさい」

ゴッフマンの体がまたピクピクして、目が黒くなった。

第二十二章　もうひとりの声

「何をあわててるんだ、このガキめ」コーネリアの声でうなるように言った。「ピラミッドをあげよう……おまえに破壊《はかい》してもらう」

ふたたびゴッフマンは体を痙攣《けいれん》させた。

「このちびネズミが自らの手でピラミッドを破壊《はかい》する。なんて愉快《ゆかい》な皮肉だろう」

ゴッフマンが運転手のひとりに顎《あご》をしゃくってみせると、運転手は近づいてきて、革《かわ》のかばんをあけてピラミッドを取りだした。どうやったかは知らないが、あの溶《と》けたクリプト・アナイアレイターから回収《かいしゅう》してあったのだ。

ゴッフマンはウィリアムに向き直り、ピラミッドを目の前に差しだした。

また爆発《ばくはつ》が起こり、建物が揺《ゆ》れた。コンクリートの小さなかたまりが天井から落ちてきて、トタン屋根に打ちつける雹《ひょう》のように、警備《けいび》ボットたちに降《ふ》り注いだ。

「急いだほうが身のためだ！」ゴッフマンはコーネリアのしゃがれ声で怒鳴《どな》った。「これを破《は》壊《かい》しないなら、おまえはもう用なしだ」ゴッフマンは手で喉《のど》を掻《か》き切る真似《まね》をしてみせた。

「いやだ」ウィリアムの口からふいに言葉がもれた。

またしゃべれるようになっていることに、自分でも驚《おどろ》いていた。パッシベーターの効果《こうか》が薄《うす》れつつあり、頭を動かせるようになっている。

「なんだって?」ゴッフマンの左目は、コーネリアの目がそうなっていたのとそっくりに、ぎょろりと外を向いた。ゴッフマンは機械仕掛《じか》けの手で狙《ねら》いを定めながら、威嚇《いかく》するような足取りでウィリアムに近づいた。

「それを破壊《はかい》するつもりはない」ウィリアムはきっぱり言った。「絶対《ぜったい》にやるもんか!」

「いい考えがある」ゴッフマンは運転手のひとりを指さした。「あの男をここに連れてこい」

運転手は小型《こがた》トランシーバーに向かって小声で何やらつぶやいた。

数秒後、玄関《げんかん》ホールに通じるドアのひとつが開き、ふたりの警備《けいび》ボットがぐったりしたスラッパートン先生をあいだに挟《はさ》んで入ってきた。

第二十三章　ロボット戦争

「ゴッフマンの言うことをきくな」ウィリアムに気づくと、スラッパートン先生はさけんだ。

「やるんじゃないぞ！　たとえどんな脅《おど》しをかけられたとしても！」

警備《けいび》ボットはゴッフマンの横まで先生を運んでいくと、足を止めた。

「さあ、ウィリアム。反逆者《はんぎゃくしゃ》がどんな目にあうか見せてやろう」

ゴッフマンがそう言って警備《けいび》ボットのひとりにうなずいてみせると、警備《けいび》ボットは片手《かたて》をあげた。その手には長いパイプのようなものが握《にぎ》られていて、パイプの側面には白熱しているボタンやレバーがついている。警備《けいび》ボットはスラッパートン先生にパイプの狙《ねら》いをつけて、いくつかのボタンを押《お》した。

先生は宙《ちゅう》に浮《う》きはじめた。反重力装置《そうち》の一種に違《ちが》いない――それも強力なやつだ。先生の体は十メートルほどの高さまで浮上《ふじょう》していった。そのときになって初めて、ウィリアムは天井のコンクリートに大きな裂《さ》け目があるのに気づいた。爆発《ばくはつ》によって、建物全体が崩壊《ほうかい》しつつあった。

「脅《おど》しに屈《くっ》してピラミッドを破壊《はかい》したらだめだ。そいつがないと、まずいことになるぞ！」スラッパートン先生は大声で呼《よ》びかけてきた。

ゴッフマンはすぐそばにいた警備《けいび》ボットの手からパッシベーターを奪《うば》い取ると、スラッパートン先生に向けて構《かま》えた。

「**黙《だま》れ！**」ゴッフマンは命じた。

「ウィリアム……」スラッパートン先生がそれ以上何も言えないうちに、パッシベーターから青いビームが発射《はっしゃ》され、肩《かた》に命中した。先生は空中でひっくり返ったが、落ちてくることはなかった。

「まったく」ゴッフマンはウィリアムのほうを向いた。「ベンジャミンはいつもしゃべりすぎる。それはおまえも同じだ」

ゴッフマンはパッシベーターを構《かま》え、ウィリアムにまっすぐ向けた。

「チャンスがあるうちに、出ていくべきだったのに。ここにいても、おまえはなんの役にも立たない」

ウィリアムは固まった。ゴッフマンは本気でパッシベーターを撃《う》つ気だろうか？　目をつぶって身をすくめながら、今日だけで二度目のビームを撃《う》たれることを覚悟《かくご》した。

そのとき、研究所のどこかですさまじい音が響《ひび》いた。ウィリアムが目をあけると、警備《けいび》ボットたちがわきに飛びのくのが見えた。天井からコンクリートの巨大《きょだい》な固まりが落ちてきて、床《ゆか》に当たって大きな音をとどろかせた。

ウィリアムにパッシベーターを向けたまま、ゴッフマンは天井を見あげた。「何が起きてる？」

何百という車輪がきしみ、金属製《きんぞくせい》の足が床《ゆか》をすべる、カタカタいう音が上階からきこえてきた。

警備《けいび》ボットが一列に並《なら》び、ホール中央のエスカレーターに狙《ねら》いをつけてパッシベーターを構《かま》えた。

カタカタいう音がやみ、静寂《せいじゃく》が訪《おとず》れた。ウィリアムはゴッフマンを盗《ぬす》み見た。ゴッフマンも警備《けいび》ボットと同じく身じろぎもせず、エスカレーターのてっぺんを見据《みす》えている。一瞬《いっしゅん》、ウィリアムとピラミッドのことを忘《わす》れているみたいだった。ゴッフマンは機械仕掛《きかいじか》けの手のボタンを押《お》していき、ビーッという音が鳴り響《ひび》きはじめた。それが何を意味するか、ウィリアムにはわかっていた。ゴッフマンはあの手を使おうとしているのだ。

エスカレーターの上に動きがあり、ウィリアムはそっちに目を向けた。人影《ひとかげ》が見えてきた。議論《ぎろん》ボットだ。

何が起きているのか、ウィリアムはふいに悟《さと》った。引退《いんたい》したロボットたちが、屋根裏《やねうら》で警備《けいび》ボットを打ち負かしたのだ。

革命《かくめい》が進行している。

ゴッフマンは撤退《てったい》するそぶりを少しもみせなかった。彼《かれ》は何百という警備《けいび》ボットで周りを固めている。結果は目に見えていた。

「無傷《むきず》で元の場所に帰るチャンスを一度だけやろう」ゴッフマンはさけび、反重力装置《そうち》の狙《ねら》いをつけた。

「あんたには馬糞《ばふん》が詰《つ》まってるみたいだな！」議論《ぎろん》ボットはさけび返した。

「馬糞《ばふん》ってものを見せてやろうか！」ゴッフマンは手をあげて青いビームを発射《はっしゃ》した。ビームは議論《ぎろん》ボットの真上の柱に当たった。

「かかれ！」議論《ぎろん》ボットがさけび、エスカレーターを駆《か》けおりた。

「ゴッフマンを倒《たお》せ！」無数の異《こと》なる声があがり、ロボットの群れがエスカレーターを降《お》りてくるのを見て、ウィリアムは息をのんだ。何百というロボットたちが、怒《いか》れるアリのように群れをなして押《お》し寄《よ》せてくる。

玄関《げんかん》ホールの警備《けいび》ボットたちが、クラッターボットに向けて発射《はっしゃ》した。クラッターボットはエスカレーターを転げ落ち、警備《けいび》ボットに衝突《しょうとつ》して、金属《きんぞく》のなだれに埋《う》もれさせた。警備《けいび》ボットがどれだけ撃《う》っても、ぶかっこうな金属《きんぞく》の体をした新たなクラッターボットが途切《とぎ》れることなく現《あらわ》れ、果てしなく続いていく。

ウィリアムは手の中のピラミッドを見おろした。

ふり向いて後ろのドアを見やる。チャンスだ。

「そいつを捕《つか》まえろ！」混乱《こんらん》のどこからかゴッフマンがさけんだ。

ウィリアムは少し離《はな》れたところにいるゴッフマンを見つけた。長身の男はロボットたちを見おろすようにそびえ、機械仕掛《じか》けの手をまっすぐウィリアムに向けている。

「あのちびネズミを捕《つか》まえろ！」ゴッフマンは命じた。

警備《けいび》ボットの一団《いちだん》が即座《そくざ》に命令に従《したが》った。

ウィリアムはピラミッドを握《にぎ》る手に力をこめて、ドアへ向かって走りだす。

背後《はいご》からゴッフマンのしゃがれたさけび声がきこえてきた。「そいつを止めろ！　オービュレーターを持ったまま逃《に》がすな！」

逃《に》げおおせられるはずがなかった。ところがそのとき、何者かが警《けい》備《び》ボットのひとりに突撃《とつげき》し、パッシベーターの柄《え》を使って別の警《けい》備《び》ボットの頭を殴《なぐ》った。その人物がウィリアムのほうを向いた。イスキアだ。

「これ、壊《こわ》れちゃったんだ」イスキアはパッシベーターを掲《かか》げていった。「でも、棍棒《こんぼう》としてならまだ役に立つね。行くよ、ここから逃《に》げよう！」

イスキアはウィリアムを手招《てまね》いて、ドアへと走った。

ウィリアムとイスキアは研究所の裏《うら》にある公園に入り、暗闇《くらやみ》の中を走りつづけた。ふたりの後ろでロボット戦争の音が小さくなっていき、やがてきこえなくなった。

第二十四章
ピラミッドの暗号

　ウィリアムとイスキアは林の中を駆《か》け抜《ぬ》けた。公園の端《はし》にあるフェンスを乗り越《こ》えるのは、驚《おどろ》くほどたやすかった。ひとりの警備《けいび》ボットも見なかったし、音もきかなかった。たぶん全員、戦いの場となっている本館の中にいるのだろう。いま、ウィリアムとイスキアは、その戦いからできるだけ遠ざかろうとしていた。

　フェンスの向こう側に着地すると、ウィリアムは体じゅうに安堵《あんど》が広がるのを感じた。

「こっち」イスキアがささやき、暗い林の中へ進みつづけていく。

　ウィリアムはイスキアのあとを追った。走りながら後ろをふり返ってみたけれど、見えるのは月明かりを浴びた背《せ》の高い骸骨《がいこつ》みたいに立っている木々《きぎ》だけだ。ピラミッドを手に入れて、本当に逃《に》げおおせられたんだろうか？

　イスキアは立ち止まり、ゼエゼエ言いながらあたりを見まわした。顔が汗《あせ》びっしょりになっている。「いまのきこえた？」

「何が？」ウィリアムは小声でたずねた。

「エンジンみたいな音だったけど」イスキアは夜空を見あげた。

「空からきこえたなら、ドローンかもしれないな。どこか隠《かく》れる場所を見つけよう」

手がじっとり湿《しめ》っていて、つるつるしたピラミッドが持ちにくい。ウィリアムはピラミッドをジャンパーの下にしまい、火花を散らさないことを願った。

ふたりは用心深くあたりの様子を探《さぐ》り、木々《きぎ》のあいだに何か潜《ひそ》んでいないか確《たし》かめようとしたけれど、いまは静寂《せいじゃく》だけが広がっていた。

「ねえ、あそこ」イスキアが指さした。「納屋《なや》みたいなのがある。行こう！」

「掩蔽壕《えんぺいごう》だ」近づいていきながら、ウィリアムはつぶやいた。

ふたりの前には、腐《くさ》りかけている木の後ろに隠《かく》れて、部分的に崩壊《ほうかい》しているコンクリートの掩蔽壕《えんぺいごう》があった。長い歳月《さいげつ》を経《へ》て屋根は崩落《ほうらく》し、残っているのは壁《かべ》だけだ。

「誰《だれ》にもつけられてないってはっきりするまで、あそこに隠《かく》れておくのがよさそうだね」ふたりは低い戸口をくぐった。

中は狭《せま》く、床《ゆか》には割《わ》れたガラスやごみが散乱《さんらん》している。

「ここは乾《かわ》いてる」イスキアがウィリアムの後ろから言った。

第二十四章　ピラミッドの暗号

イスキアは、かつては屋根の一部だった固いコンクリートの上に腰《こし》をおろした。ウィリアムも隣《となり》にどすんと座《すわ》り込《こ》んだ。

しばらくのあいだ、ふたりはひと言も話さず、そよ風に吹《ふ》かれて木々《きぎ》の葉がサラサラと音を立てるのをきいていた。ウィリアムは星を散りばめた空を見あげた。ノルウェーの小麦畑と、ゴッフマンのドローンに捕《つか》まったときのことを思いだした。

そこに座《すわ》りながら、一瞬《いっしゅん》モーター音が遠くにきこえたような気がした。

「研究所で何があったの？」イスキアが質問《しつもん》した。

ウィリアムはイスキアを見て、小さな声で答えた。「彼女《かのじょ》が戻《もど》ってきたんだ。コーネリアが」

ウィリアムの声は震《ふる》えていた。コーネリアに常《つね》につきまとう焦《こ》げたような悪臭《あくしゅう》が、いまでも嗅《か》ぎ取れるみたいだ。

イスキアはさーっと青ざめた。「コーネリア・ストラングラーが？」

ウィリアムは黙《だま》ってうなずいた。

「どうやって？」

「コーネリアはゴッフマンの頭に入り込《こ》んでいる。あの機械仕掛《きかいじか》けの手から出てきたんだ」

イスキアはしばらく無言だった。彼女《かのじょ》がいま必死に頭を働かせていることが、ウィリアムにはわかった。

「ヒマラヤで自分を撃《う》ったのは、そのためだったの？」イスキアはようやく口を開いた。

「コーネリアは自分を最適化《デフラギング》して、断片化《だんぺんか》された自分をあの手の中に入れておいたってことか？」

「そしてゴッフマンはあの手を研究所に持ち帰った。で、試しに装着《そうちゃく》しようとして、こんなことになっちゃったのかな」とイスキアはつけ加えた。

「ゴッフマンがそんなばかな真似《まね》をするなんて。あの手がどれほど危険《きけん》か知ってるはずなのに」ウィリアムは首をふった。

「コーネリアはフレディにしたのと同じことを、ゴッフマンにもしたのかも。コーネリアはテレパシーで人を操《あやつ》れたでしょ。覚えてる？」

ウィリアムは重々《おもおも》しくうなずいた。エイブラハム・タリーのあとを追って、フレディがクリプトポータルをくぐり抜《ぬ》けたときのことは、忘《わす》れるはずがない。まるで誰《だれ》かに体を乗っ取られて、ポータルに入るよう強いられているみたいだった。コーネリアの仕業に違《ちが》いなかった。

「コーネリアは何がなんでもこれを破壊《はかい》するつもりだ」ウィリアムはピラミッドを取りだした。

少しのあいだ、古いピラミッドの表面に刻《きざ》まれた奇妙《きみょう》なシンボルをながめていた。

第二十四章　ピラミッドの暗号

「これをぼくが解《と》くしかない」ピラミッドから目を離《はな》さずに、そう言った。「すべてを止めるには、ほかに方法はない。いますぐこれを解《と》かないと！」

「何言ってるの？　クリプト・アナイアレイターがどうなったか見たでしょ！　失敗したら、あんたも同じ目にあうんだよ」イスキアがまくしたてた。

「ぼくには解《と》けないと思ってる？」ウィリアムはイスキアの目を見つめた。

「わからない。これは宇宙《うちゅう》一難《むずか》しい暗号かもしれない。解《と》くのは不可能《ふかのう》なのかもしれない。罠《わな》ってことも考えられる。それこそがやつらの狙《ねら》いだったとしたら？　あんたがこれを解《と》こうとして、その途中《とちゅう》で命を落とすことが」

ウィリアムはもう一度ピラミッドに目を落とし、クリプト・アナイアレイターを破壊《はかい》する前に、真っ赤に光っていたさまを思い浮《う》かべた。恐怖《きょうふ》がどっと押《お》し寄《よ》せてくる。

「このまま進もう」イスキアは立ちあがった。

だけど、ウィリアムは動かずにいた。ピラミッドから目をそらすことができなかった。恐怖《きょうふ》に負けていいのか？　どうなるかを恐《おそ》れて思いとどまるようでは、暗号解読者《かいどくしゃ》として失格《しっかく》じゃないか？

「ほかに選択肢《せんたくし》はない」ウィリアムはつぶやいた。

「選択肢《せんたくし》がないって、どういう意味？」イスキアはおびえた顔でウィリアムを見た。

「ピラミッドを解読《かいどく》するしかないんだ。ぼくがこれを持っているかぎり、コーネリアはぼくたちを捜《さが》しつづけるだろう」

「だめ！　死ぬかもしれないんだよ！　ほかの解決方法《かいけつほうほう》を考えよう。ピラミッドはここに置いていってもいいし」

月明かりの下で、イスキアの目に涙《なみだ》が浮《う》かんでいるのが見えた。

「イスキア。やるしかないんだ」ウィリアムは静かに言った。

永遠《えいえん》にも思えるあいだ、イスキアはただウィリアムを見つめていた。そのあと、また腰《こし》をおろした。

「成功させてよね！」

「もしもうまくいかなかったら、きみはここから逃《に》げるって約束してほしい」ウィリアムは言った。

イスキアは小さくうなずいた。

「約束してくれ」

「約束する」

ウィリアムはイスキアがいっしょにいてくれて嬉《うれ》しかった。彼女《かのじょ》は本当の友だちだ。ウィリアムはピラミッドに意識《いしき》を集中し、目をつぶった。

すぐに体に振動《しんどう》を感じはじめた。強力な暗号だということだ。

ウィリアムはためらい、ピラミッドから片手《かたて》を放すと、反対の手でバランスを取りながら膝《ひざ》の上に置いた。振動《しんどう》は背《せ》すじの半分のところまで来ていて、そこにとどまっている。やめるなら、まだ遅《おそ》すぎることはない。イスキアが言っていたように、何もせずピラミッドはこの掩蔽壕《えんぺいごう》に置いていけばいい。誰《だれ》かが見つけることになっても、あとのことは知るもんか。だけどオービュレーター・エージェントは、ピラミッドをぼくにくれたんだ。これはぼくの問題で、ほったらかしにはできない。それに、みんなのためにも、これがまたゴッフマンの手にわたるという危険《きけん》は冒《おか》せない。

ウィリアムは改めてピラミッドを両手でつかんだ。体の振動《しんどう》に集中する。振動《しんどう》は背中《せなか》をのぼって両腕《りょううで》から手、指へと広がっていく。

ウィリアムは目をあけた。ピラミッドは光を放っている。奇妙《きみょう》なシンボルが黄金色《こがねいろ》に明滅《めいめつ》し、空中で旋回《せんかい》していた。だが、これが見えるのはウィリアムだけで、体内のルリジウムが暗号に反応《はんのう》しているのだ。

宙《ちゅう》に浮《う》いているシンボルに集中すると、シンボルはすばやく動いて複雑《ふくざつ》なパターンを作りだしはじめた。ウィリアムも急がなければならない……フォーメーションを見て、ピラミッドのさまざまなパーツをどうひねればいいのか計算した。一つ目のパーツを回転させると、カチッという心地よい低い音がした。ひとつ、またひとつと、パーツはカチカチ音を立てて、あるべき場所にはまっていく。クリプト・アナイアレイターを破壊《はかい》する前にピラミッドが真っ赤に光りはじめたときの光景が、ウィリアムの脳裏《のうり》をよぎった。解読《かいどく》をやめたくなったけど、もうあと戻《もど》りはできないとわかっていた。振動《しんどう》に体を支配《しはい》され、指が勝手に動いている。いま心配なのは、失敗できないことだけだった。

光る奇妙《きみょう》なシンボルが周りで渦《うず》を描《えが》いている中で、ウィリアムは解読《かいどく》を続けた。この暗号はいつもより解《と》くのに時間がかかった。

と、いきなり振動《しんどう》が止まり、シンボルも消えていった。

ウィリアムは金属《きんぞく》のピラミッドを手にして、暗闇《くらやみ》に座《すわ》っていた。暗号は解《と》けたのだろうか？

「解《と》けたの？」暗闇《くらやみ》のどこからか、イスキアが声をかけてきた。

「どうだろう」ウィリアムはピラミッドから目を離《はな》さずに答えた。

終わったのか？

わからなかった。だけど、まだ生きている。

「何かきこえる。林の中に誰《だれ》かいるみたい」イスキアがささやいた。「ここから逃《に》げなきゃ」

とつぜん、ピラミッドの中のキューブが振動《しんどう》しはじめた。ウィリアムが手を離《はな》すと、ピラミッドは地面に落ちて、かん高い音を発している。

「どうなってるの？」イスキアがきいた。

「ぼくにもわからない」ウィリアムは返事した。失敗したのだろうか？

「ねえ、行かなきゃ。誰《だれ》かがこっちに来てる！」イスキアが小声で言った。

前触《まえぶ》れもなく、ピラミッドが宙《ちゅう》に浮《う》きあがり、ウィリアムの顔のすぐ前で止まった。走りたいのに、筋肉《きんにく》が言うことをきかない。夜空を切り裂《さ》く光線を発しながら浮遊《ふゆう》しているピラミッドを、じっと見つめている。

「ウィリアム！」イスキアが腕《うで》を引っぱった。

ピラミッドは向きを変え、戸口から勢《いきお》いよく飛びだしていった。

ウィリアムとイスキアは、よろめきながらあとを追った。

第二十五章 古い飛行機

「あそこだ」向こうの暗い林でピラミッドが放っている光を指さしながら、ウィリアムは言った。「あとを追いかけよう」

ウィリアムとイスキアは、空中を浮遊《ふゆう》しているピラミッドを追って走った。

「誰《だれ》かがついて来てる」イスキアがそう言った直後に、パッシベーターの青い光線がふたりの横にあった木に命中した。

ウィリアムがふり返ると、こっちにやって来るロボットの黒い輪郭《りんかく》がふたつ見えた。

「行こう」ウィリアムは宙《ちゅう》に浮《う》いているピラミッドを急いで追いかけた。

ウィリアムは林を横断《おうだん》している道路に飛びだしたが、まぶしいふたつのライトに目がくらみ、急に立ち止まった。

「危《あぶ》ない！」イスキアはウィリアムのすぐ後ろにいた。

ウィリアムが道路の向こう側へ飛び込《こ》むのと同時に、大型《おおがた》トラックが猛《もう》スピードで走り抜《ぬ》け

第二十五章　古い飛行機

ていく。トラックはコントロールを取り戻《もど》そうとしているのか、車体を左右に揺《ゆ》らしながら道路を走っていった。路上の何かに衝突《しょうとつ》するのを避《さ》けようとしたらしく、トラックは車線を変更《へんこう》していた。ウィリアムとイスキアは、トラックの赤いテールランプが暗闇《くらやみ》の中へ消えていくのを見送った。

「あれ！」イスキアが指さした。「ピラミッドだ」

あった。ピラミッドの中のキューブだ。道路の真ん中に浮《う》かんでいて、ビームがあたり一帯をまぶしいほど明るく照らしている。

「あの光は消せないの？　これじゃあ、見つかっちゃう」イスキアが言った。

「ぼくにできることはなさそうだけど」ウィリアムはピラミッドに近づいていく。足を止め、空へと伸《の》びるビームを目でたどった。「ビーコンみたいだ」

「まさにそう。警備《けいび》ボットにあたしたちの居場所《いばしょ》を教えてる！」イスキアは上着を脱《ぬ》ぎ、ピラミッドにかぶせた。おかげでビームの光が覆《おお》い隠《かく》された。

「これでよし」イスキアはホッとしてほほえんだ。

少しのあいだ、ふたりは空中に浮《う》いているイスキアの上着を見つめて立ち尽《つ》くしていた。上着の下では、ピラミッドのまぶしい光が輝《かがや》いている。

「これは間違《まちが》いなく幹線道路《かんせんどうろ》だよね。車に乗せてもらえるかも？」イスキアが言った。

「ヒッチハイクみたいに？　もう誰《だれ》もヒッチハイクなんてしないだろ……」

「だったら、ほかにどうすればここから出ていけるっていうの？」

「ぼくたちがすることは、それなのか？　ここから出ていく？　スラッパートン先生や、これはどうなるんだ？」ウィリアムは宙《ちゅう》に浮《う》いているピラミッドを指さした。

イスキアは返事をしなかった。目にいらだちをにじませている。

いきなりイスキアは飛びあがり、キョロキョロした。「あれがきこえる？」そう言って、暗《くら》闇《やみ》をにらんだ。

「何が？」ウィリアムには、林の木々《きぎ》のささやきしかきこえなかった。

「あのブンブンいう音」

いまではウィリアムにもきこえていた。掩蔽壕《えんぺいごう》に隠《かく》れていたときにきいたのと同じ音だ。ただし、いまはもっと近づいてきている。

そのとき、ウィリアムは黒い木々《きぎ》の頂部《ちょうぶ》の向こうに、強烈《きょうれつ》な明かりを見つけた。まっすぐこっちに向かってきているようだ。

「あれはドローンか？　ここを離《はな》れないと」ウィリアムは小声で言った。

第二十五章　古い飛行機

「あれはドローンじゃない。飛行機だよ」イスキアが言った。

ウィリアムは空に目をこらした。イスキアの言うとおりだ。鮮《あざ》やかな赤色に塗《ぬ》られた、旧式《きゅうしき》のプロペラ機だった。

飛行機はふたりが立っている道路のほうへと下降《かこう》してきた。

「着陸するみたいだ」ウィリアムは言った。

「行こう！」ふたりは路肩沿《ろかたぞ》いの大きな植え込《こ》みの後ろに隠《かく》れ、近づいてくるプロペラの音をきいていた。

着陸用タイヤが地面に当たり、ゴムの軋《きし》む音がした。

エンジンがプスプスと咳《せ》き込《こ》むような音を立てていたあとで、急にガンと大きな音がした。

「ともかく、研究所から来たわけじゃないな。研究所にはこれほど古い飛行機はないから」

ウィリアムはつぶやいた。

飛行機はウィリアムとイスキアが隠《かく》れている植え込《こ》みのすぐ横で止まった。

エンジンがさらに何度かプスプスと音を立ててから静かになった。

「なあ、ひと晩《ばん》じゅうそんなところで過《す》ごす気なのかい？」いきなり、そうたずねる声がした。

「ぐずぐずしてる場合じゃないんだけどな」

ウィリアムとイスキアは息を潜《ひそ》めたままでいた。

「ロンドンへ行くところでね。まだ席があるんだが……」声は続けた。

ウィリアムとイスキアは顔を見合わせ、やっぱり動かずにいる。

「そうか、わかったよ……きみたち次第だ。とにかく、私《わたし》は申し入れた。ダンスに誘《さそ》ったのに、断《ことわ》られたわけだ」

その声にはどこかききおぼえがあった。確《たし》かに前にもきいたことがある。気が変わらないうちに、ウィリアムは隠《かく》れ場所からのぞき見た。

飛行機は第二次世界大戦中に製造《せいぞう》された古いスピットファイアだった。翼《つばさ》を持つサメみたいだ。

革《かわ》の帽子《ぼうし》とイヤーマフを身に着けた男の人が操縦席《そうじゅうせき》に座《すわ》っている。男の人は飛行士《ひこうし》の丸いゴーグルをおでこにあげた。

ウィリアムは相手が誰《だれ》だかすぐにわかった。

ノルウェーの自宅《じたく》の前でピラミッドをくれたのと同じ人だ。郵便配達人《ゆうびんはいたつにん》——あるいは、スラッパートン先生が言っていたオービュレーター・エージェント。いまは第二次世界大戦のパイロットみたいに見えるけど。

第二十五章　古い飛行機

「ついに解《と》いたんだな」パイロットは言い、空中に浮《う》かんでいるピラミッドを身ぶりで示《しめ》した。「それをここまで持ってきてもらえないかな。自分でやればいいんだが、座《すわ》りっぱなしだったせいで脚《あし》がこわばっていてね」

ウィリアムは躊躇《ちゅうちょ》した。

「言われたとおりにして」イスキアがウィリアムの背中《せなか》をつっついた。「あの人にあれをわたすの」

「どうやって？」ウィリアムはきいた。

「押《お》せばいいだけさ。車を押《お》すみたいに」パイロットが言った。

ウィリアムは宙《ちゅう》に浮《う》いているピラミッドのほうへと慎重《しんちょう》に近づいていった。横まで行って止まり、指でつついてみる。ピラミッドは少しだけぐらぐら揺《ゆ》れた。

「おいおい。一日じゅう、ぐずぐずしてるわけにはいかないんだぞ！」パイロットはじれったそうに言った。

ウィリアムはピラミッドに両手を当てて押《お》した。ピラミッドはおとなしく浮《う》かびながら古い飛行機のほうへと向かっていき、やがて機体のわきに軽くぶつかった。パイロットはピラミッドに手を伸《の》ばし、イスキアの上着をはずした。

「この上着は誰《だれ》のかな?」

「あたしの」イスキアが植え込《こ》みの後ろから出てきて言った。

「キャッチして」パイロットは上着をイスキアに放ってよこした。

パイロットはピラミッドをつかみ、膝《ひざ》の上にのせた。何度かひねると、ピラミッドの光は消えた。

「乗って」と言って、パイロットはウィリアムたちを手招《てまね》きした。「急がないと」

ウィリアムとイスキアは顔を見合わせた。はたして安全だろうか?

ふいに、警備《けいび》ボットが林を通り抜《ぬ》けていく、ききまちがえようのない騒々《そうぞう》しい音がきこえてきた。

迷《まよ》わずウィリアムとイスキアは古い飛行機のほうへと走った。

「ふたりとも、乗って」オービュレーター・エージェントが言った。

ウィリアムとイスキアは翼《つばさ》によじのぼると、パイロットの後ろの席に転がり込《こ》んだ。警備《けいび》ボットふたりがパッシベーターを発射《はっしゃ》しようと構《かま》えながら、こっちに向かってきている。

「しっかりつかまって。ダンスを始めよう」オービュレーター・エージェントはコントロールパネルのボタンを押《お》した。パワフルなエンジンが始動し、プロペラが回転しはじめる。飛行機

第二十五章　古い飛行機

は勢《いきお》いを増《ま》しながら進み、轟音《ごうおん》を立てて道路を走っていき、やがて離陸《りりく》すると、ウィリアムとイスキアは座席《ざせき》の背《せ》に体を押《お》しつけられた。

ウィリアムは胃《い》がひっくり返りそうになるのを感じた。冷たい風に髪《かみ》を引っぱられ、指の感覚をもう失いはじめている。

ほどなく飛行機は木々《きぎ》のてっぺんより高く上昇《じょうしょう》し、路上の警備《けいび》ボットは遥《はる》か下に遠ざかった。

ウィリアムは後ろからオービュレーター・エージェントをまじまじと観察した。顔の皮膚《ひふ》はひどく青白く、真っ白と言えるほどで、パズルみたいな小さなピースからなるようだ。古めかしいスーツのきちんとした服装《ふくそう》で、深さのあるふくれたポケットつきのコートを上から羽織《はお》っている。ポケットには物がパンパンに詰《つ》め込《こ》まれている。黒いロンドンタクシーの模型《もけい》まで飛びだしているのが見えた気がした。

「どうしてぼくらがあの植え込《こ》みの後ろにいるのがわかったの？」ウィリアムは質問《しつもん》した。

「きみはオービュレーターを解読《かいどく》した」オービュレーター・エージェントは答えた。

「それでビームの光を見たのね」イスキアが言った。

「うん、そうなるのを待ちながら、ずっとこのあたりにいたんだ」

ウィリアムとイスキアは目配せを交わした。この人は本当に変わってる。

「ロンドンのどこに向かってるの？」ウィリアムはきいた。

「きみたちが向かう場所に向かってる」オービュレーター・エージェントは返事をした。

「それはどこ？」

「最初に立ち寄《よ》るのはビッグベンだ。さあ、タンゴを踊《おど》ろう」

第二十六章　オービュレーター・エージェント

澄《す》んだ夜空の下、古い飛行機は音を立てて進んだ。下の陸地は見えなかった。すっかり雲で覆《おお》われている。本当にロンドンをめざしているのだと信じるしかなかった。

いま、どれほどの高さを飛んでいるのか、ウィリアムは考えたくもなかった。古い飛行機のエンジンがいつ止まってもおかしくなさそうな音をさせているとあっては、なおさらだ。時々《ときどき》、バン！　と大きな音を立ててバックファイアを起こしたかと思うと、完全に静かになり――また息を吹《ふ》き返すのだった。

ウィリアムは上着の前をさらにしっかりかき合わせ、風をよけようとシートで体を縮《ちぢ》こまらせた。

イスキアも寒そうにしていた。顔からすっかり色が消えている。この高度で凍《こご》える風を受けていては、薄《うす》い上着はたいして役に立たなかった。

この三十分間、オービュレーター・エージェントはふたりに背中《せなか》を向けたまま無言で座《すわ》っていた。

ウィリアムはこっそりイスキアに身を寄《よ》せてささやいた。「あの人を信用していいのかな?」

イスキアは肩《かた》をすくめた。「さあ。いまは寒すぎて、それどころじゃないよ!」

「なあ、ききたいことが山ほどあるだろう」パイロットが後ろに呼《よ》びかけてきた。そして、操《そう》縦桿《じゅうかん》からいきなり手を離《はな》すと、くるっと後ろを向いて、操縦席《そうじゅうせき》にしゃがんでふたりを見つめた。

「飛行機を操縦《そうじゅう》しなくていいの?」ウィリアムは操縦桿《そうじゅうかん》を指さしてさけんだ。

「落ち着いて」パイロットは得意《とくい》そうに笑った。「この飛行機が古いとはいっても、自動操縦装置《オートパイロット》は搭載《とうさい》してあるよ。五十年前、いや六十年前かな、自分で設置《せっち》したんだ。こういうのをいじるのが好きでね。いい気分転換《てんかん》になるんだ」

パイロットはウィリアムとイスキアを交互《こうご》に見やった。と、急に何か気づいたようだ。

「きみたち、寒いんだな」心配そうな顔で言った。

「だいじょうぶ。なんとかするから」イスキアは歯をカタカタいわせている。

「ばかな。私《わたし》がこの飛行機に搭載《とうさい》したのは、オートパイロットだけじゃないんだ」パイロットはコントロールパネルのボタンを押《お》した。

飛行機の前面にあるパネルが開き、ガラスの屋根が広がって降《お》りてきた。冷たい風がやんだとたん、ウィリアムは集中力が高まるのを感じた。隣《となり》にいるイスキアもリラックスしはじめているようだ。

パイロットはそのままふたりを見つめていた。時々《ときどき》、ちょっとした乱気流《らんきりゅう》に小さな飛行機はガタガタ揺《ゆ》れた。

「本当にオービュレーター・エージェントなの？」イスキアがたずねた。

「ああ、失礼。興奮《こうふん》のあまり自己紹介《じこしょうかい》を忘《わす》れていたよ。今日は記念すべき日だ。あのピラミッドの暗号を解読《かいどく》した者は、これまでひとりもいなかったからね。こういう特別な時は、つい忘《わす》れっぽくなってしまうんだ」パイロットは話した。

パイロットは手を差しだし、まずイスキアと、次にウィリアムと握手《あくしゅ》を交わした。その手は冷たくも温かくもなく、まったくどちらともつかないものだった。手の皮膚《ひふ》にもパズルのピースみたいな印がある。

「私《わたし》はフィリップだ。でも、フィルと呼《よ》んでほしい。そう、私《わたし》はオービュレーター・エージェントと呼《よ》ばれる者だ。自分ではその呼《よ》び名はめったに使わないけどね。堅苦《かたくる》しすぎるから。税《ぜい》務署員《むしょいん》か外務大臣《がいむだいじん》にでもなった気分になる」

「なんの仕事をしてるの？」ウィリアムはたずねた。

「とてもいい質問《しつもん》だ」フィルはにっこりした。「私《わたし》は年を取り過《す》ぎて、自分のことも忘《わす》れそうなぐらいだ。主な仕事は、暗号を解《と》ける相手にオービュレーターをわたすことだよ」

「そのオービュレーターだけど、兵器なの？」イスキアがきいた。

「まさに、そのとおり！」フィルは青白い顔に大きな笑みを浮《う》かべた。「じつに強力な兵器だ。それはもう、きわめて強力な」

「じゃあ、これからその兵器をウィリアムにわたそうとしてるの？」イスキアは続けてたずねた。

フィルは優《やさ》しいまなざしでウィリアムを見つめた。

「きみみたいな相手が現《あらわ》れるのを、どれだけ長いあいだ待ちつづけてきたことか。きみなら最初の暗号を解《と》けるとわかっていたよ」フィルは声を震《ふる》わせた。

「最初の暗号？　どういうこと？」ウィリアムは息をのんだ。

「詳《くわ》しいことはまたあとで。まずはロンディニウムに行かないと」

「ロンディニウム？　ロンドンのこと？」イスキアが言った。

「失礼」フィルは恥《は》ずかしそうに首をふっている。「そうとも、ロンドンのことだ。その新しい呼《よ》び名にまだ慣《な》れてなくてね。ロンディニウムは古代ローマ人が当時呼《よ》んでいたロンドンの名称《めいしょう》だ」

「ロンドンに着いたら何をするの？」ウィリアムは質問《しつもん》した。

フィルはふたりのほうへ身を寄《よ》せて、周囲《しゅうい》を見てからささやいた。

「このときが来るのを長いこと待っていた。私《わたし》がちょっとばかり浮《う》き足だっているように見えても許《ゆる》してほしい。私《わたし》にとって、これは本当に重大なことなんだ。じつはもう、あきらめていたんだよ」

ウィリアムはフィルを見つめた。

「それで……」何を話すつもりだったのか思いだそうとしているみたいに、フィルは空を見あげた。「質問《しつもん》はなんだっけ？」

「ロンドンに何をしに行くの？」ウィリアムはくり返した。

「ロンディニウムはオービュレーターへの最初の寄港地《きこうち》だ。向こうでいくつかやることがある」たいしたことじゃないというように、フィルは片手《かたて》をさっとふってみせた。「ロンディニウムのことは、目的地をめざす途中《とちゅう》の立ち寄《よ》り先だと思ってくれればいい」

「立ち寄《よ》り先？　じゃあ、兵器はどこにあるの？　遠いところ？」

「マリアナ海溝《かいこう》だ」まるで通りを行ってすぐ先の場所みたいに言った。「何かを隠《かく》しておきたければ、マリアナ海溝《かいこう》はうってつけの場所だよ」

ウィリアムとイスキアは顔を見合わせた。マリアナ海溝《かいこう》は地球の裏側《うらがわ》にある。地球で最も深い場所であり、そのため大部分が調査《ちょうさ》されていない。

物を隠《かく》すには申し分ない場所だが、まったく同じ理由で、訪《おとず》れるには恐《おそ》ろしい場所だろう。

「高度が下がってきてない？」イスキアがキョロキョロしながら言った。分厚《ぶあつ》い灰色《はいいろ》の雲に突《つ》っ込《こ》んで、小型《こがた》の飛行機が揺《ゆ》れた。

ウィリアムは窓《まど》の外をのぞき、座席《ざせき》にしがみついた。

「おっと！」フィルは前を向き、両手で操縦桿《そうじゅうかん》をつかんだ。「いま思いだしたけど、オートパイロットを搭載《とうさい》したのは別の飛行機だった。この飛行機に自動操縦機能《じどうそうじゅうきのう》はなかったよ。ほんと、もう年だな」

フィルが操縦桿《そうじゅうかん》をぐいと引くと、機体は上に傾《かたむ》いてまた上昇《じょうしょう》しはじめた。

ウィリアムは黙《だま》って座《すわ》っていた。フィルが話したことについて考えていた。本当にぼくらはマリアナ海溝《かいこう》に行くのだろうか？

第二十七章
分子縮小学《ぶんししゅくしょうがく》

「ウィリアム！」

ウィリアムは目を開き、あたりを見まわした。

イスキアがウィリアムを起こそうと揺《ゆ》さぶっていた。

「見て！」イスキアは下の陸地を指さした。「着いたよ」

ウィリアムが窓《まど》に顔を押《お》しあてると、色とりどりに輝《かがや》く小さな明かりの海が見えた。

「綺麗《きれい》だよね」イスキアは嬉《うれ》しそうにため息をついた。

ウィリアムはうなずいた。「きっと、あの滑走路《かっそうろ》に向かうんだな」指さしながら言ったけれど、飛行機はまっすぐ通り過《す》ぎてしまった。

「着陸するんじゃないの？」ウィリアムはフィルの肩《かた》をつついてみたけど、返事がない。

「フィル？　フィリップ？」今度はもっと力をこめて肩《かた》を叩《たた》いた。「オービュレーター・エージェント？」

反応《はんのう》なし。

イスキアが身を乗りだしてフィルを見た。

「目をつぶってる！」

「つぶってる？　目をつぶってたら、着陸できないじゃないか」

「フィル？　ねえ、フィル？」イスキアはフィルを揺《ゆ》さぶり、大声で呼《よ》びかけ、顔を叩《たた》いた。

「どうした？」フィルはさけび、大きく目を見開いた。「逃《に》げろ！　恐竜《きょうりゅう》が来るぞ！」誰《だれ》だかわからないというみたいに、フィルはイスキアをじっと見つめた。そのあとで、大きな笑みを浮《う》かべた。

「旅を楽しんだかい？　時々《ときどき》、どうしてもうたた寝《ね》したくなることがあってね。暗黒時代に始めたことなんだ。とはいえ、私《わたし》は本当はうたた寝《ね》なんてする必要はないんだが、習慣《しゅうかん》みたいになってしまったんだよ」

「墜落《ついらく》しちゃう！」イスキアがわめいた。

「そのようだ」フィルは窓《まど》の外の明かりを見おろし、両手で操縦桿《そうじゅうかん》をつかんで機体を旋回《せんかい》させた。

「着陸するにはもってこいの場所だ」フィルは前方の地面に広がる大きな黒い一画を指さした。

第二十七章　分子縮小学

「ハイドパークだ」フィルは言い、操縦桿《そうじゅうかん》を前に倒《たお》した。

飛行機の機首が地面を向き、機体が激《はげ》しく揺《ゆ》れはじめて、ウィリアムは飛行機がバラバラになるんじゃないかと怖《こわ》くなった。

枝《えだ》に翼《つばさ》を叩《たた》かれながら、飛行機は何本かの木の頂《いただ》きをかすめていく。完全に制御不能《せいぎょふのう》になっているように思えた。

ドンと大きな音を立てて車輪が地面に当たり、やがて飛行機は大きな灌木《かんぼく》に機首を深々《ふかぶか》とうずめて止まった。フィルがコントロールパネルのボタンを押《お》すと、ガラスの屋根はまた飛行機の前方にしまい込《こ》まれた。

「ロンディニウムにようこそ！」フィルは飛行機から飛びだし、地面に降《お》り立った。

ウィリアムとイスキアもあとに続き、周囲《しゅうい》をながめた。真夜中で、人っ子ひとりいない。

「ここを出たほうがいいな。公園に着陸するのは快《こころよ》く思われないから」フィルは上着の大きなポケットに手を突《つ》っ込《こ》むと、旧式《きゅうしき》のテレビのリモコンみたいなものを取りだした。

リモコンを飛行機に向けて、ボタンのひとつを押《お》す。

ビッという大きな音と、まばゆい閃光《せんこう》とともに、飛行機は消えてしまった。

「飛行機はどこに行ったの？」イスキアがきいた。

「あそこだ」さっきまで飛行機があったはずの地面に置かれている何かを指さし、ウィリアムは言った。

「うわっ！　すごーい！」イスキアは歓声《かんせい》をあげた。

飛行機は消えていなかった。いまでもちゃんとそこにあった。けれど、小さくなっていた。ずっとずっと小さく。いまではおもちゃぐらいの大きさになっている。

フィルはずんずん近づいていくと、飛行機を拾いあげて上着の片方《かたほう》のポケットにしまった。そして反対側のポケットから緑色の小さな軍用戦車を取りだし、街灯の明かりの下でまじまじながめた。

「だめだ。これだとまずい」いらだたしげにブツブツ言い、軍用戦車をポケットに戻《もど》し、小さな機関車を取りだした。

「あれはどこにいった？」機関車をポケットに突《つ》っ込《こ》みながら言う。

また反対のポケットを探《さぐ》り、小さな黒い車を取りだした。

「見つけたぞ」フィルは満足そうに言うと、その車を草の上に置いた。

それから何歩か後ろにさがった。「少しさがっておいたほうが身のためだ。爆発《ばくはつ》することもあるから」

第二十七章　分子縮小学

フィルは車にリモコンを向け、ボタンを押《お》した。

またビッという音がして、小さな黒い車はいきなり等身大のロンドンタクシーになった。

「どういう仕組み？」ウィリアムはたずねた。

「分子縮小学《ぶんししゅくしょうがく》だよ」フィルはリモコンをズボンのポケットにしまった。「私《わたし》がうんざりしているものをひとつ挙げるなら、縮《ちぢ》んでいるものだ」そう言って、ちょっとジャンプすると、踊《おど》りながらタクシーのところまで行き、後部座席《こうぶざせき》のドアをあけた。「さあ、乗って」


タクシーは街を疾走《しっそう》し、ウィリアムとイスキアは後部座席《こうぶざせき》にしがみついていた。

「フィルはいろんな仕掛《しか》け装置《そうち》をどこで手に入れたんだと思う？」イスキアが小声でたずねた。

タクシーが急にエンストして、ふたりの体は座席《ざせき》から投げだされた。

「ごめんよ」運転席と後部座席《ざせき》を隔《へだ》てている透明合成樹脂板《とうめいごうせいじゅしばん》を通して、フィルが大声で言った。

ハンドルを切り、道路を走る何台かの車をよけていく。

「運転免許《うんてんめんきょ》はあるのかな？」イスキアは不安そうだ。

「怪《あや》しいね」ウィリアムは答えた。

「でも、すごいと思わない？　太古のアンドロイドに連れられて世界を旅するなんて」いまではイスキアはほほえんでいる。

ウィリアムは返事をしなかった。スラッパートン先生の話だと、オービュレーターの最初の暗号は難解《なんかい》で、完璧《かんぺき》に解《と》けなかった者は命を落とすということだった。確かに難《むずか》しかったけど、そこまで難解《なんかい》ではなかった。試練はまだ終わっていない、そんな気がした。

息もつかせぬドライブでロンドンの街をしばらく走ったあと、フィルは路肩《ろかた》に車を寄《よ》せた。エンジンを切ると、ふたりのほうをふり向き、合成樹脂板《ごうせいじゅしばん》の仕切りについた小さな窓《まど》をあけた。

「会えてよかったよ、イスキア」フィルは笑顔で言った。「少しだけど、お金だ。あそこから電車に乗れる。どこへでも行けるよ」フィルは道路の反対側にある駅を指さした。

「はい?」イスキアはとまどっている。

「電車?」ウィリアムは耳を疑《うたが》った。「なんの話?」

「ピラミッドの暗号を解《と》いた者ひとりだけしか連れていけないんだ。きみのことだよ、ウィリアム。つまり、彼女《かのじょ》は行けない。危険《きけん》すぎる」フィルは言った。

ウィリアムとイスキアは顔を見合わせた。

「私《わたし》はそういうふうにプログラムされていてね。記憶違《きおくちが》いじゃなければ」フィルは申し訳《わけ》なさそうに話した。

「真夜中にこんなところにひとりで放りだすなんて、そんなのないよ」イスキアは抗議《こうぎ》した。

「すまない。でも規則《きそく》だから」フィルは肩《かた》をすくめた。

「これでいいと思ってるの？」イスキアはウィリアムを見据《みす》えて言った。「あたしがここで降《お》りなきゃいけなくなっても」

ウィリアムは首をふった。ショックのあまり、何を言ったらいいかもわからない。

「私《わたし》たちはオービュレーターを取りにいくんだ。それはかなり危険《きけん》な場所にある。ここよりずっと危険《きけん》なんだよ」フィルは説明した。

「危険《きけん》が何よ」イスキアはフンと鼻を鳴らした。「力を合わせてやっていくんだと思ってたのに」

「イスキアをここで降《お》ろすつもりなら」ウィリアムは後部座席《こうぶざせき》の横のドアをあけながら言った。「そのときはぼくも降《お》りるよ」

「だが……あのピラミッドを解読《かいどく》したのはきみだけなんだぞ。いっしょに来てもらわないと」フィルは反対した。

「行きたくなければ、ぼくは行かない」ウィリアムはきっぱり言った。

フィルはふたりを見つめた。どう言ったものか、さっぱりわからないようだ。「ものすごく危険《きけん》だってこと、わかってるのか？」

「わかってる」イスキアはうなずいた。

「ふたりとも二度と戻《もど》れなくなる可能性《かのうせい》があることも？」

「わかってる」イスキアはもう一度うなずいた。「それでも危険《きけん》を冒《おか》す覚悟《かくご》はできてる」

「あのピラミッドは最初の暗号に過《す》ぎないことも？　最後の暗号はずっと難解《なんかい》で、もっと命にかかわることも？」

「それについてはちゃんと話してもらってなかったけど、もう察しはついてたよ」ウィリアムは文句《もんく》を言った。

「おっと」フィルは顔を曇《くも》らせた。「どうやらいくつか言い忘《わす》れていたようだ。ここ何世紀《なんせいき》かで、私《わたし》はちょっとうっかりすることが増《ふ》えてきてね……じゃあ、出発だ！」

フィルはイグニッションキーをひねると、ハンドルを切って車を飛ばした。

第二十八章
小さなドア

フィルは暗い脇道《わきみち》に車を止めた。

「ひとまず到着《とうちゃく》だ。さあ、行こう」

ウィリアムは窓《まど》の外をのぞいた。暗い夜空にそびえるビッグベンと、ウェストミンスター宮《きゅう》殿《でん》の大きな建物の輪郭《りんかく》しか見わけられない。

フィルはタクシーの外の何かに顎《あご》をしゃくってみせた。「それと、くれぐれも慎重《しんちょう》に」

通りの少し先にパトカーが駐《と》まっていることにウィリアムは気づいた。

三人はタクシーを降《お》りてドアを閉《し》めた。

「こっちへ」フィルはささやき、後ろにある暗い中庭に引っ込《こ》んだ。

ウィリアムとイスキアも同じことをした。その場所から、三人は警戒《けいかい》を怠《おこた》らず、注意深く周《しゅう》囲《い》をうかがった。パトカーのドアがひとつ開き、警官《けいかん》の姿《すがた》が見えた。警官《けいかん》はあくびをして、伸《の》びをした。

「ひとりだけだ」ウィリアムは言った。

警官《けいかん》はパトカーの周りを二周したあとで、橋の先までそのまま歩いていき、欄干《らんかん》に肘《ひじ》をのせて前かがみになった。ウィリアムたちに背《せ》を向けてテムズ川をながめている。

「退屈《たいくつ》そうね」イスキアが言った。

「気づかれずにあそこまで行かないと」フィルは通りをわたった先にある巨大《きょだい》な時計塔《とけいとう》を指さした。「いまだ」

三人は広い通りを急いでわたった。真夜中で車の往来《おうらい》はほとんどない。ウィリアムとイスキアはフィルのあとについて欄干沿《らんかんぞ》いを行き、フェンスを乗り越《こ》えて進みつづけていくと、やがて高くそびえるビッグベンの裏手《うらて》に着いた。

「次はどうするの？」イスキアがたずねた。

「ちょっと待って」フィルはポケットを探《さぐ》りはじめた。「あったぞ」と言って、金属製《きんぞくせい》の小さなドアのようなものを取りだした。それを持ちあげて時計塔《とけいとう》の石壁《いしかべ》に近づけていく。石壁《いしかべ》の四角いくぼみに小さなドアをはめようとしたが、夜の静寂《せいじゃく》を切り裂《さ》くタイヤのきしみを耳にして止まった。

ウィリアムがふり向くと、路上に駐《と》められた黒い車が見えた。あれは研究所の、とてつもな

第二十八章　小さなドア

いスピードが出る車だ。

運転席のドアが開き、長身の人物が降《お》りてきた。ゴッフマンだ。ゴッフマンは立ち止まり、暗い通りを見まわしてから、巨大《きょだい》な時計塔《とけいとう》に視線《しせん》を据《す》えた。コーネリアの機械仕掛《きかいじか》けの手が街灯の明かりを反射《はんしゃ》している。これだけ遠くからでも、ゴッフマンが完全に正気を失っていることがウィリアムにはわかった。コーネリア・ストラングラーの目がいつもそうだったように、ゴッフマンの片目《かため》はキョロキョロとあちこちすばやく動きまわっている。

ウィリアムは隣《となり》でイスキアが身を固くするのを感じた。

「ウィリアム。あれ、見て」イスキアはささやき、指さした。

イスキアの指さす先をずっと目でたどっていくと、ゴッフマンに近づいていく警官《けいかん》の姿《すがた》が見えた。

「ここは駐車禁止《ちゅうしゃきんし》だ」ゴッフマンの車を示《しめ》しながら、警官《けいかん》は大声で言った。

ゴッフマンは機械仕掛《きかいじか》けの手をあげた。ひとすじの太いビームが発射《はっしゃ》され、通りを青い光に染《そ》めたあと、警官《けいかん》の胸《むね》の真ん中に命中した。警官《けいかん》はくずおれた。

ゴッフマンは通りをわたりはじめた。一台の車が危《あや》うく轢《ひ》きそうになって、急ブレーキをかけた。

あと何秒かで、ウィリアムたちはゴッフマンに見つかってしまうはずだった。

「ぐずぐずしてる時間はない」フィルは石壁《いしかべ》の四角いくぼみに金属《きんぞく》のドアをはめた。

金属製《きんぞくせい》の小さなドアはカチカチ音を立てはじめた。

音はだんだん速くなっていく。

ドアが大きくなりはじめた。カチッというたびに二倍の大きさになり、たちまち普通《ふつう》のドアの大きさになった。

フィルは取っ手を握《にぎ》り、ドアを押《お》しあけた。

「入って」と言って、ウィリアムとイスキアを手招《てまね》いた。

フィルはふたりのあとから急いで入ると、中からドアを閉《し》めた。

ウィリアムが最後に見たのは、機械仕掛《きかいじか》けの手を構《かま》えてこっちに走ってくるゴッフマンの姿《すがた》だった。

カチカチという音がくり返され、ドアがひとりでに折り畳《たた》まれはじめた。どんどん小さくなっていき、やがてまた小さな四角い金属板《きんぞくばん》になり、地面に落ちた。

フィルはドアを拾いあげると、大きなポケットの片方《かたほう》にしまい込《こ》んだ。

壁《かべ》の向こうから叩《たた》いている音が遠くきこえた。ゴッフマンが中に入りたがっているが、通り

第二十八章　小さなドア

抜《ぬ》けられるドアはもうどこにもない。
「ゴッフマンは中に入ってくるかな？」イスキアがささやいた。
「いずれにしても、少し時間がかかるだろう。さあ、行こう」フィルは言った。

第二十九章 ビッグベンの秘密《ひみつ》

「あれを押《お》してもらえるかい?」フィルはウィリアムの後ろの壁《かべ》から突《つ》きだしている四角い石を指さした。

ウィリアムが押《お》すと、石はこすれて低い音を立てながら壁《かべ》の中に収《おさ》まった。

いきなり地面が激《はげ》しく揺《ゆ》れて、ウィリアムは倒《たお》れないよう壁《かべ》にしがみつかなければならなかった。足の下がゴトゴトいっている。

すると、床《ゆか》が丸ごとさがりはじめた。大きな石造《いしづく》りの床《ゆか》は壁《かべ》にこすれて音を立てながら下降《かこう》していく。ウィリアムとイスキアは中央に戻《もど》り、足元の床《ゆか》がどんどん深く沈《しず》んでいくあいだ、お互《たが》いの体を支《ささ》え合った。

「エレベーターだ。ビッグベンの中に隠《かく》された秘密《ひみつ》のエレベーターだ」ウィリアムは言った。おびえながらも、ものすごくかっこいいと思う気持ちもあった。世界で最も有名な歴史的建造《れきしてきけんぞう》物《ぶつ》のひとつに隠《かく》された、秘密《ひみつ》のエレベーターなんて。

第二十九章　ビッグベンの秘密

「なかなかいいだろう？」フィルが笑顔で言った。「私《わたし》が自作したんだ」

ウィリアムは上を向いた。もうかなりの距離《きょり》を降《お》りている。

がくんとなって、ドーンと低いとどろきを反響《はんきょう》させながら、床《ゆか》が止まった。ウィリアムはじっと待ち構《かま》えていたけれど、何も起きない。

「あれを押《お》してもらえるかな？」イスキアの横の壁《かべ》から突《つ》きだしているさびた金属《きんぞく》の出っぱりを指さし、フィルが言った。

イスキアは手をあげて出っぱりを押《お》した。その途端《とたん》に、三人の前にある石壁《いしかべ》の内側からガタガタと低い音がした。壁《かべ》がゆっくりと横に動きはじめ、深い闇《やみ》が露《あら》わになり、悪臭《あくしゅう》を帯びた一《いち》陣《じん》の風が吹《ふ》きつけてくる。この地下の空気は何百年も前のもののように感じられた。

フィルはドアの向こうの暗闇《くらやみ》へと急ぎ、すべてが不気味に静まり返った。

と、かすかにカチッという音がして、天井のほこりをかぶった白熱電球がちらつきながら点灯した。周囲《しゅうい》の様子が見える程度《ていど》には明るくなった。三人は長いトンネルの中にいた。

フィルはポケットを探《さぐ》っている。

「さっきまであったんだけどな。確《たし》かここにあったはずなのに」悲しそうに言った。

フィルは片方《かたほう》のポケットからマッチ箱サイズの赤い電話ボックスを取りだし、いらだたしそうにまたしまい、ブツブツとひとりごとを言いながら探《さが》しつづけた。

ようやく、目当てのものを見つけ、「ここにあった」と満足そうな笑みを浮《う》かべた。身をかがめ、見つけたものを地面に置くと、何歩か後ろにさがった。

「目を覆《おお》って」とフィルは指示《しじ》した。

ウィリアムとイスキアは両手で目を覆《おお》い、待ち構《かま》えた。その直後、ビッという大きな音がして、カチカチいう音がくり返される。そのあと、また静かになった。

「よし。行こう」フィルは言った。

ウィリアムが目をあけると、三人の前にはゴルフカートがあった。フィルはカートに近づき、ボンネットをなでた。

「これでスピードアップできるな」そう言って、ウィリアムとイスキアを身ぶりで招《まね》いた。

「乗って」フィルは優雅《ゆうが》にお辞儀《じぎ》をしてみせると、運転席に飛び乗った。

ウィリアムとイスキアは後部座席《ざせき》に座《すわ》った。

「しっかりつかまって」フィルはアクセルを踏《ふ》み込《こ》んだ。「飛ばすぞ」

ゴルフカートがガタガタした地面を猛《もう》スピードで走りだすのと同時に、三人が乗ってきたばかりのエレベーターシャフトの中で爆発《ばくはつ》があった。

「壁《かべ》を爆破《ばくは》した？」イスキアがさけんだ。

「たぶん」フィルがさけび返した。「ここに降《お》りてくるまでには、まだ時間がかかるだろう。しっかりつかまって」

第三十章

巨大な潜水艦《せんすいかん》

ウィリアムはドアハンドルにしがみつきながら、どこまでも続きそうな目の前のトンネルをじっと見つめていた。フィルは乱暴《らんぼう》な運転をした。ゴルフカートが壁《かべ》に激突《げきとつ》しそうになるたびに、信じられないほど楽しいというみたいに、短い笑い声をあげている。

「このトンネルは誰《だれ》が造《つく》ったの？」ウィリアムは大声でたずねた。

「ビッグベンを建てたのと同じ人物だ」フィルはドラマチックに盛《も》りあげるため、そこで間を取った。「私《わたし》だよ」

「あなたが？」ウィリアムは息をのんだ。

「あなたがビッグベンを建てたの？」イスキアがさけんだ。

「そうさ。まあ、もちろん私《わたし》ひとりでじゃないが。私《わたし》が設計《せっけい》して、ほかの人々《ひとびと》が建てた。ビッグベンはうまく考えられた、地下トンネルへの秘密《ひみつ》の入口だ。そしてこのトンネルは、あちこち移動《いどう》するのに役立つ道だ」

第三十章　巨大な潜水艦

「地上にはほかにもまだ秘密《ひみつ》の入口があるの？」イスキアが質問《しつもん》した。

「あるとも……山ほど」フィルはいたずらっぽく言った。「それも世界じゅうに。エッフェル塔《とう》……ピラミッド……万里の長城……そのほとんどを私《わたし》が設計《せっけい》したんだよ」

フィルがハンドルを切り、ゴルフカートは角を曲がった。「おっと。ちょっと物を取りに寄《よ》るのを忘《わす》れるところだった」

「何を？」ウィリアムはきいた。

「焦《あせ》りは禁物《きんもつ》だ、若《わか》き暗号解読者《あんごうかいどくしゃ》よ。どんなダンスも最初のステップから始まるんだからね」

数分後、ゴルフカートは崩《くず》れそうな岩壁《がんぺき》の前で急停止《きゅうていし》した。

フィルは飛び降《お》り、金属製《きんぞくせい》の大きなドアのところまで歩いていく。少しゴソゴソやったあと、ポケットから鍵束《かぎたば》を取りだすと、いくつか試したあとで正しい鍵《かぎ》を見つけた。きしりながらカチッと音がして、フィルはドアを引きあけた。

「ここで待ってて」フィルはズボンのポケットから懐中電灯《かいちゅうでんとう》を取りだした。「すぐに戻《もど》るよ」と言って、ドアの向こうの暗闇《くらやみ》に姿《すがた》を消した。

「あそこに何があるのか、見ておきたいな」ウィリアムはカートを降《お》りた。

ドアのところまで進み、中をのぞいてみた。見えたのは、暗闇《くらやみ》の中をすばやく動いているフィルの懐中電灯《かいちゅうでんとう》の明かりだけだ。フィルは必死に何かを探《さが》しまわっている。懐中電灯《かいちゅうでんとう》の光が大きな軍用戦車みたいなものを一瞬《いっしゅん》照らした。

「何か見える？」イスキアが声をかけた。

「もっとよく見ないと」ウィリアムは暗闇《くらやみ》の中へ歩いていく。「ここには前にも来たことがあるみたいだ」

凍《こご》えるように冷たい空気の流れを感じた。ひと息吸《す》い込《こ》むと、そのまま全身を巡《めぐ》り、骨《ほね》の髄《ずい》まで染《し》み入るようだった。いまやウィリアムは確信《かくしん》していた——ここには来たことがある。皮《ひ》膚《ふ》の下の神経《しんけい》という神経《しんけい》が張《は》りつめていた。

この部屋は広い……広いどころの話じゃない。巨大《きょだい》だ。

周囲《しゅうい》を見まわし、ドアの横の壁《かべ》に電灯のスイッチを見つけた。スイッチをはじくと、頭上から電気がパチパチいう音がして、ひとつまたひとつと古びた電灯が明かりを照らしていく。すぐに巨大《きょだい》なホール全体が明滅《めいめつ》する黄色い光に照らされた。

フィルは作業の手を止めて、ウィリアムのほうを見た。

「ありがとう。ここに電灯があることを忘《わす》れてたよ」

ほら穴《あな》みたいな広大なホールに点在《てんざい》した戦車や飛行船を、ウィリアムはつくづくながめた。まるで散らかった子供部屋《こどもべや》みたいだけど、すべてが何千倍も大きかった。

最後にここに来たときの出来事が甦《よみがえ》り、その光景がウィリアムの目の前にパッと浮《う》かんだ。おじいちゃんの冷凍保存《れいとうほぞん》コンテナを探《さが》したこと、エイブラハム・タリーに殺《ころ》されかけたこと、このホールのすべてを水没《すいぼつ》させた洪水《こうずい》。

フィルはあらゆる軍用戦車と戦闘機《せんとうき》のあいだで捜索《そうさく》を続けた。「今度また戻《もど》ってきて、ちょっとは片付《かたづ》けないといけないな」そう言って、ポケットの中身をだしはじめた。それらを目の前の床《ゆか》に配置していき、ほどなく小さな車や飛行機、船が一列に並《なら》べられた。

「たまにポケットの中身を空《から》っぽにしておかないと、信じられないほどたまっていくもんだ」

「そのためにここまで降《お》りてきたの？　ポケットを空《から》にするために？」ウィリアムはきいた。

「そうだよ」フィルは床《ゆか》の上に並《なら》べたものにリモコンを向けた。「これだけのものをすべて持ち歩くのが、どれだけたいへんかわかるかい？」そしてリモコンのボタンを押《お》すと、車や飛行機、ボートがひとつずつ大きくなり、普通《ふつう》のサイズになった。

「ここに来た理由はそれだけじゃなくて、あるものを取りに来たんだ」フィルは周囲《しゅうい》を見まわしている。

「何を?」

「あれだ、あそこにある」フィルは巨大《きょだい》な潜水艦《せんすいかん》を指さした。「ここにほったらかしで手入れができていないけど、無事に動くことを願うよ。極限《きょくげん》の深さにも耐《た》えるよう特別に造《つく》られたものだ」

ウィリアムが見ていると、フィルは潜水艦《せんすいかん》に近づいていき、小さなサイズに縮《ちぢ》ませてコートのポケットに突《つ》っ込《こ》んだ。

「さあ、行かないと。エマが待ってる」

「エマって誰《だれ》?」ウィリアムはフィルのあとについていきながら質問《しつもん》した。

「それはいま説明してもしょうがない。彼女《かのじょ》のことは自分の目で確《たし》かめるのがいちばんだ」

第三十一章　ダイビング・ベル

ゴルフカートはきしみを立てながら角を曲がり、長い通路を進みつづけた。

「この地下には大きな貯水池《ちょすいち》がたくさんあるんだ。大半は十八世紀《せいき》に造《つく》られたもので、大量の水を貯水《ちょすい》している」フィルが話した。

「ほんとに?」ウィリアムは不安そうにイスキアを見やった。

「そのうちのひとつの貯水池《ちょすいち》に行く必要がある。エマがそこにいる。私《わたし》たちがオービュレーターを探《さが》しにいかなきゃならない場所へ、彼女《かのじょ》が連れていってくれるはずだ」フィルは話した。

数分間の乱暴《らんぼう》なドライブのあとで、ゴルフカートはまた別のさびた巨大《きょだい》な鉄のドアの前で止まった。ドアの真ん中には、古びた真鍮製《しんちゅうせい》の表示板《ひょうじばん》があり、「**危険《きけん》：深海**」と書かれている。

フィルはゴルフカートから飛び降《お》り、ウィリアムとイスキアもあとに続いてドアに近づいた。

ウィリアムは肩《かた》ごしに後ろをチラリと一瞥《いちべつ》した。誰《だれ》かがあとをつけてきている気配は少しもない——いまはまだ。

フィルは船で使われていそうなドアのハンドルをつかみ、古い金属《きんぞく》のきしむ音を立てながら手前に引いた。

「この貯水池《ちょすいち》は天然水源《てんねんすいげん》を囲《かこ》む形で造《つく》られたから、排水《はいすい》は不可能《ふかのう》だ。どれだけの深さがあるのかは誰《だれ》も知らない。エマには申し分のない場所だ。行こう」フィルはドアをくぐり抜《ぬ》け、ウィリアムとイスキアについてくるよう手招《てまね》きし、ふたたびドアを閉《し》めた。

ウィリアムは周りを見まわした。三人は暗い水の中へと傾斜《けいしゃ》した桟橋《さんばし》みたいなところに立っていた。大きな柱が天井から水の中へとのびている。

「これはロンドンの古い上水道の一部だ。二百年ほど前、正確《せいかく》に言えばヴィクトリア朝時代からのものだ」フィルは説明し、時計を確《たし》かめた。

「さて、歴史《れきし》の勉強はここまでだ。あまり時間がない」

フィルはゴム製《せい》のアヒルほどのサイズの丸みを帯びた小さな潜水装置《せんすいそうち》、ダイビング・ベルと呼《よ》ばれる潜水鐘《せんすいしょう》をポケットから取りだすと、水の中に入れた。ダイビング・ベルは水面にプカプカ浮《う》かんだままでいる。

「さがって」フィルはリモコンを向けた。数秒後には、目の前のダイビング・ベルはフルサイズになっていた。

第三十一章　ダイビング・ベル

とつぜん、三人の背後《はいご》にある鉄のドアから、ドカーン！　という音がきこえてきた。

「もう見つかったのか？　腹立《はらだ》たしいな」フィルは大声で言った。

ドアがまた大きなとどろきを響《ひび》かせた。

「入ってきちゃう」イスキアがさけんだ。

「ちょっと待って」フィルはポケットを探《さぐ》りはじめ、小さな赤い二階建てのロンドンバスを取りだした。「あのホールに何もかも置いてこなくてよかった」

フィルは鉄のドアに駆《か》け寄《よ》ると、ロンドンバスをドアの前に置いた。何歩かさがり、バスにリモコンを向けてボタンを押《お》す。

小さなバスは振動《しんどう》しはじめ、驚《おどろ》くほど大きくなっていく。ウィリアムとイスキアはあとずさりし、水際《みずぎわ》ギリギリで止まった。

いまや等身大のロンドンバスが目の前にあった。

「これでもう少しは食い止められるはずだ」フィルは急いでダイビング・ベルに近づいた。ぴょんぴょんと跳《は》ねていき、ダイビング・ベルのてっぺんに飛び移《うつ》ると、身を折って円い開閉《かいへい》用ハンドルをつかむ。そしてハンドルを回し、ダイビング・ベルのハッチを開いた。

「中に入って！」フィルは呼《よ》びかけた。

ウィリアムとイスキアはベルに飛び乗ると、円いハッチをくぐり抜《ぬ》けた。ウィリアムはふり返り、フィルも降《お》りてくるのを待った。けれど、フィルはまだ外に立っている。

「来ないの？」

「私《わたし》はここに残って、彼《かれ》が入ってくるのを食い止めないとならない。ここからはきみたちふたりでやっていけるだろう。私《わたし》もなるべく早く合流するよ」

ウィリアムはダイビング・ベルの中の様子をながめた。座席《ざせき》がふたつとコントロールパネルがひとつ。大きなガラス窓《まど》から暗い水中の景色が見える。

「でも、行き先も知らないのに」ウィリアムは大声で返した。

「行き先は下だ！　知りたいことはすべてマニュアルに書かれている」ウィリアムはピラミッドをベルの中の小さなテーブルに置いたところだったが、フィルはその横にある冊子《さっし》を指さして言った。

「エマっていうのは――？」ウィリアムは言いかけたが、外の廊下《ろうか》で起きた爆発《ばくはつ》にすぐさまさえぎられた。

「ここから出ていくんだ！　説明している時間はない。エマには会えばわかるだろう。彼女《かのじょ》がきみたちをマリアナ海溝《かいこう》へ連れていく」フィルはさけんだ。

第三十一章　ダイビング・ベル

　また強力な爆発《ばくはつ》がダイビング・ベルを揺《ゆ》らし、ウィリアムたちの頭上でフィルはハッチをバタンと閉《し》めた。

第三十二章　エマ

少しのあいだ、ウィリアムとイスキアはじっと座《すわ》り、ダイビング・ベルの外の音をきいていた。

「ゴッフマンは入ってくると思う?」イスキアは心配そうだ。「こんなふうにフィルを置き去りにするんじゃなかった」

「仕方ないよ」ウィリアムはテーブルからマニュアルを取った。「**テレポーテーションのためのダイビング・ベルのマニュアル**」と表紙に書かれている。タイトルの下には、ふたりが座《すわ》っているのと同じようなダイビング・ベルの絵がある。

「テレポーテーション?」ウィリアムはマニュアルを開き、読みはじめた。

二分後、ダイビング・ベルは潜《もぐ》りはじめていた。

ウィリアムは制御装置《せいぎょそうち》の前に座《すわ》り、ダイビング・ベルを深海へと操縦《そうじゅう》している。マニュアルにざっと目を通してみると、特に重要なポイントがわかった。ハンドルを奥《おく》に倒《たお》すと潜《もぐ》り、手

第三十二章　エマ

前に引くと上昇《じょうしょう》する。実際《じっさい》のところ、かなり単純《たんじゅん》だった。水深五百メートルまで潜《もぐ》るようにとマニュアルには書かれていた。

コントロールパネルの測深器《そくしんき》に目をやると、すでに水深百メートルを超《こ》えていた。

「エマって何者なんだろう?」イスキアは外の闇《やみ》をのぞきながら考え込《こ》んでいる。

「もうじきわかると思うよ」ウィリアムはハンドルをさらに奥《おく》に倒《たお》した。

ダイビング・ベルは何もないところへの潜水《せんすい》を続けた。周囲《しゅうい》の何もかもが真っ黒だ。動いていることを示《しめ》すものは測深器《そくしんき》だけだ。ほどなく測深器《そくしんき》は四百メートル近くまで潜《もぐ》っていることを示《しめ》した。水底に近づいている気配はまだ少しもない。

「外に何かあるよ」イスキアが窓《まど》の外を指しながら興奮《こうふん》して言った。

「見えないけど……」ウィリアムは言いかけたが、暗い水中に何かが光っているのに気づいて口をつぐんだ。

初めはただのぼんやりした光だった。水中にたったひとつ、白熱電球が浮《う》かんでいるような。が、その光は次第に明るく大きくなっていく。光が近づいたとき、さらにいくつもの光が連なっているのが見えた。何百もの色とりどりの光があるようだ。ダイビング・ベルの下の闇《やみ》の中で、光は踊《おど》っているみたいにどんどん近づいてきて、やがて窓《まど》を覆《おお》いつくした。

「あれはなんだ?」ウィリアムはつぶやいた。

その光がうねるさまを見ていると、催眠術《さいみんじゅつ》にかけられているような気分になった。ウィリアムはぐったりしながら、測深器《そくしんき》に目をやった。水深五百メートルを超《こ》えている。踊《おど》る光のせいか、気圧《きあつ》のせいか、はたまたその両方のせいか知らないが、ウィリアムはいまにも失神しそうに、体の力が抜《ぬ》けて頭がジンジンするのを感じた。

「イスキアも同じ感覚を味わってる?」ウィリアムは光から目をそらさずに言った。

「頭がジンジンする感じ?」その声の調子から、ウィリアムにはイスキアも弱っているのがわかった。

「うん」

「あれに関係があると思う?」イスキアはふたりの前にあるコントロールパネルを指さした。

ウィリアムは催眠術《さいみんじゅつ》のような外の光からがんばって目をそらした。

コントロールパネルには、「酸素《さんそ》」と書かれた時計のようなメーターがついていた。そのメーターの矢印がすっかり下を向き、レッドゾーンを指している。

ふたりがこんなにぐったりしている原因《げんいん》に、ウィリアムはハッと気づいた。「酸素《さんそ》が……減《へ》ってきてる」しゃべると肺《はい》が痛《いた》くなった。

第三十二章　エマ

「どうしよう？」イスキアがゼーゼー言った。

ここであきらめるわけにはいかない。戦わないと。ウィリアムはコントロールパネルに視線《しせん》を戻《もど》し、「スポットライト」と書かれたスイッチに目を留《と》めた。

手を伸《の》ばし、人差し指でそのスイッチを押《お》そうとした。体が思うように動かせず、まるでゼリーの中に浮《う》かんでいるようだ。それに百メートルを全力疾走《しっそう》した直後みたいに息が切れている。

ウィリアムはスイッチをパチッとはじいた。

頭上のどこからかブーンという音がしはじめ、強力な光線が暗闇《くらやみ》を照らした。ウィリアムの肺《はい》にもっと空気があれば、外に見える光景に悲鳴をあげていただろう。悲鳴をあげる代わりに、ウィリアムは弱々《よわよわ》しくあえぐだけだった。

ダイビング・ベルの外の暗い水中に、巨大《きょだい》な蛸《たこ》が浮《う》かんでいる。その胴体《どうたい》は家ほどの大きさで、八本の触手《しょくしゅ》の長さはサッカー場ぐらいあるに違《ちが》いなかった。

胴体《どうたい》も触手《しょくしゅ》も、全身がライトで覆《おお》われている。いまになってようやく、ウィリアムは蛸《たこ》の胴《どう》体《たい》がある種の金属《きんぞく》でできていることに気づいた。

「巨大《きょだい》なロボット蛸《たこ》だ」ウィリアムはハーハーあえぎながら言った。酸素不足《さんそぶそく》で肺《はい》が焼けるようだ。

イスキアは返事をしなかった。ウィリアムは酸素《さんそ》メーターを見やった。メーターの針《はり》はあと少しで完全に下を指す。

「イスキア？」ウィリアムは呼《よ》びかけた。イスキアはいまでも目をあけているけれど、呼吸《こきゅう》が苦しそうだ。

ウィリアムは反対を向き、操縦桿《そうじゅうかん》をつかんで手前に引いた。

「水面に連れていくからね」

どんなもののためであっても——たとえそれがオービュレーターであったとしても、ウィリアムはイスキアを犠牲《ぎせい》にするつもりはなかった。

とつぜん、ダイビング・ベルに何かがぶつかった。巨大《きょだい》な触手《しょくしゅ》の一本がベルに巻《ま》きつき、引き止めている。衝突《しょうとつ》によって、ウィリアムの前のガラスにはひびが入っていた。水がちょろちょろと流れ込《こ》んでくる。

ウィリアムは必死になってダイビング・ベルの中を見まわした。外の巨大《きょだい》な触手《しょくしゅ》はさらに強く巻《ま》きつき、ガラスが割《わ》れそうな音がしはじめている。

そのとき、ウィリアムは気づいた。

第三十二章　エマ

身を乗りだし、ガラス越《ご》しに触手《しょくしゅ》をまじまじ観察した。小さな電気がチカチカしているが、注意を引かれたのはそれじゃない。触手《しょくしゅ》の先に、「型番《かたばん》：エマ二〇〇〇」と記された金属《きんぞく》のプレートが付いていたのだ。

「エマ？」ウィリアムは自分に言いきかせるように声をあげた。「きみがエマなのか？」

「機械仕掛《じか》けの蛸《たこ》に殺《ころ》されるためだけに、あたしたちは潜《もぐ》らされたわけ？」急にイスキアがあえぎながら言った。

ウィリアムは飛びあがり、弱々《よわよわ》しくほほえんだ。「おかえり。エマの望みがなんなのか、考えようとしてるんだ」

ウィリアムは手にしていたマニュアルを見おろして、索引《さくいん》のページを開き、指で一覧《いちらん》を下へとたどっていくと、探《さが》していた言葉、「エ」から始まるものを見つけた。

目当てのページを開き、「きいて！」と言った。しゃべるたびに痛《いた》みを感じ、目の前の文章に集中するのにも苦労した。

「電波を使って、念力移動《テレポーテーション》する電気蛸《でんきだこ》とコミュニケーションを確立《かくりつ》……」

苦心しながら残りの説明を読み終えると、ウィリアムはダイビング・ベルの無線機を手に取った。壁《かべ》に取りつけられたスピーカーがザーザーいった。ウィリアムはダイヤルをひねり、正しい周波数に合わせた。ふいにザーザーいう音が消え、エレベーターで流れているような音楽がスピーカーからきこえてくる。

ウィリアムとイスキアは顔を見合わせた。

「この無線チャンネルでいいの？」イスキアは青ざめた顔でゼーゼー言った。「急いで。もうほとんど酸素《さんそ》が残ってない」

ウィリアムはもう一度マニュアルを確認《かくにん》した。このチャンネルで合っている。何が起きるかは知らないけど、こんなはずはない。ダイヤルをまたひねろうとしたとき、音楽がやみ、耳に心地いい女性《じょせい》の声がスピーカーからきこえてきた。

「エマ二〇〇〇にようこそ。旅をするには最高の手段《しゅだん》です。必要なのは目的地の座標《ざひょう》を決定することだけで、あとはエマ二〇〇〇が目的地までお連れします」

「マリアナ海溝《かいこう》の座標《ざひょう》を知ってる？」ウィリアムはイスキアを見た。

「知らない。でも、あれならきっとわかるはず」イスキアは前のめりになり、壁《かべ》にぶらさがっている世界地図帳をトントンと叩《たた》いた。青い大きな文字で、「世界の海洋」と書かれている。

「見つけられる？」ウィリアムはあえぎ、酸素《さんそ》メーターを見おろした。もう針《はり》がいちばん下を指している。

イスキアは大あわてでページをめくっていく。

「もう時間がない！」ウィリアムは咳《せ》き込《こ》んだ。

「あった。北緯《ほくい》11度21分……」イスキアは荒《あら》い呼吸《こきゅう》をして、いったん口をつぐんだ。「東経《とうけい》142度12分」

ウィリアムは座標《ざひょう》を入力した。

しばし静寂《せいじゃく》が訪《おとず》れた。ウィリアムは体の中から最後の空気がなくなるのを感じた。失敗だ。隣《となり》でイスキアが突《つ》っ伏《ぷ》した。と、また女性《じょせい》の声がきこえてきた。「目的地：太平洋。シートベルトを着用してください。テレポーテーションまであと10、9、8、7……」

ウィリアムはカウントダウンをきいていた。イスキアはぐったりしている。

「……3、2、1……」

ビビッ！

第三十三章 輝《かがや》く青い海

ダイビング・ベルは派手《はで》な水しぶきをあげて着水した。

ウィリアムはイスキアの上に身を乗りだした。天井の舷窓《げんそう》をあけると、空気が流れ込《こ》んでくる。イスキアがピクリと動き、深々《ふかぶか》と息を吸《す》い込《こ》んで、目をあけた。

「危《あぶ》ないところだった」ウィリアムは言った。

イスキアは身震《みぶる》いし、起きあがった。ダイビング・ベルは何度か上下に揺《ゆ》れたあとで落ち着いた。

「あれを見て!」イスキアが窓《まど》の外を指さしながらさけんだ。

ダイビング・ベルのてっぺんから機械仕掛《きかいじか》けの触覚《しょっかく》の一本がするりとはずれ、水中におろされた。分厚《ぶあつ》いガラス越《ご》しに巨大《きょだい》な蛸《たこ》のシルエットが見える。蛸《たこ》は深海に潜《もぐ》っていき、閃光《せんこう》とともに消えた。

「テレポーテーションでさっきのところに戻《もど》るのかな?」イスキアがきいた。

第三十三章　輝く青い海

「きっとね。あそこに本拠《ほんきょ》を構《かま》えているんだろう」ウィリアムは答えた。

しばらくのあいだ、ウィリアムとイスキアは見つめ合っていた。ふたりとも同じことを考えているのだとウィリアムにはわかった――この小さなダイビング・ベルで、どうやってマリアナ海溝《かいこう》の底まで潜《もぐ》るというのだろう？　底までずっと潜《もぐ》らなければならないとフィルは言っていた。そのためには潜水艦《せんすいかん》が必要だ、フィルがあのホールで手に入れていたようなやつが。

ウィリアムは目の前のガラスのひび割《わ》れを見た。ダイビング・ベルの床《ゆか》は水浸《みずびた》しになっている。たとえガラスを取り替《か》えたとしても、このダイビング・ベルでは海溝《かいこう》の底の気圧《きあつ》には決して耐《た》えられないとわかっていた。おそらく底に着くずっと前に押《お》しつぶされてしまうだろう。

「これからどうする？」イスキアが問いかけた。

ダイビング・ベルの半分までは水中にある。ふたりのすぐ目の前の輝《かがや》く青い海を、楽しそうなイルカの群れが泳いでいった。

ウィリアムは返事をしなかった。何を言えばいいかわからない。せめて使えそうな装備《そうび》でもないかぎり、どうすれば海溝《かいこう》の底にたどり着けるのかわからなかった。

「ここにぼけっとただ座《すわ》ってるわけにはいかない」ウィリアムはようやく口を開いた。ふたりはダイビング・ベルから出ていき、屋根の上に腰《こし》かけた。ダイビング・ベルの側面に波が当たってピチャピチャ音を立てている。こんな緊迫《きんぱく》した状況《じょうきょう》じゃなければ、旅行のパンフレットにでもありそうな、のどかなひとときだっただろう。明るい青い海、空、暖《あたた》かな日射《ひざ》し。

「あそこにあるのは陸地？」イスキアが水平線を指さした。

「違《ちが》うんじゃないかな」ウィリアムは言った。

イスキアの目が追っていたのは、魚群だった。

背後《はいご》からすさまじい水しぶきの音がして、ウィリアムは大きな波にのまれ、ダイビング・ベルから海の中に落ちた。水をたっぷりのみ、水面に戻《もど》ろうと腕《うで》をばたつかせる。しばらくしてウィリアムは水面から顔をだし、酸素《さんそ》を求めてあえいだ。

「ウィリアム！」イスキアがさけんだ。

ウィリアムはイスキアの声がきこえてきた方向を向いた。イスキアはダイビング・ベルにしがみついていた。何か大きくて黒いものが太陽をさえぎっている。

巨大《きょだい》な潜水艦《せんすいかん》だ。

潜水艦《せんすいかん》の上部のハッチが開き、人影《ひとかげ》がひょっこり現《あらわ》れた。

その人物は片手《かたて》をあげて、手をふった。「準備《じゅんび》はいいかい？」

第三十四章
深海のピラミッド

「どうなった？」フィルが潜水艦《せんすいかん》のハッチを閉《と》じたあと、ウィリアムは真っ先にそう言った。

フィルの後頭部に大きな裂傷《れっしょう》があることにウィリアムは気づいた。白いパズルのピースみたいな皮膚《ひふ》が裂《さ》けて開き、その下の構造《こうぞう》が見えている。

「怪我《けが》してるの？」イスキアがたずねた。

「ん？」フィルはイスキアを見やった。

イスキアが後頭部の裂傷《れっしょう》を指し示《しめ》すと、フィルは手を触《ふ》れて確《たし》かめた。

「ああ、すぐに治るさ」そう言って、こんなのは世界でいちばんどうでもいいことだというように手をひらひらさせた。「隕石《いんせき》が恐竜《きょうりゅう》を絶滅《ぜつめつ》させたあとの私《わたし》を見せてあげたかったよ」

「で、どうなったの？」ウィリアムは質問《しつもん》をくり返した。

「どうなったって、何が？」フィルはウィリアムに向き直った。

「さっきフィルがロンドンに残って、あれからどうなった？」

少しのあいだ、なんの話かさっぱりわからないというみたいに、フィルはウィリアムをぽかんと見つめていたが、やがて目を輝《かがや》かせた。

「ああ……あれか。うん、なかなかうまくいったよ」フィルは目の前にある潜水艦《せんすいかん》の丸い穴《あな》を指さした。

「あそこを降《お》りよう」フィルは穴《あな》から突《つ》きだしている梯子《はしご》を降《お》り、ウィリアムとイスキアにも来るよう手招《てまね》きした。

三人は潜水艦《せんすいかん》の制御室《せいぎょしつ》に入った。周囲《しゅうい》の壁《かべ》はダイヤル、メーター、ワイヤー、管《くだ》で埋《う》め尽《つ》くされている。

フィルは潜望鏡《せんぼうきょう》を引っぱりおろしてのぞいた。「あのボタンを押《お》して」イスキアに手をふって指示《しじ》した。「それとウィリアム、私《わたし》が合図したら、あの操作《そうさ》レバーを引いてほしい」

フィルは壁《かべ》から突《つ》きだしているレバーを指さした。

ふたりがフィルの指示《しじ》に従《したが》うと、巨大《きょだい》な潜水艦《せんすいかん》は潜《もぐ》りはじめた。この何千トンもの鋼《はがね》のかたまりは、ガタガタ揺《ゆ》れてきしみ、あぶくを立てながら深海へと潜《もぐ》っていく。

「それ、本当にだいじょうぶなの？」イスキアはフィルの後頭部の裂傷《れっしょう》を指さしながらたずねた。

フィルは手をあげ、傷《きず》の周辺をさわった。「しまった」少し心配そうな顔になる。「すっかり忘《わす》れてた」そう言って、上着の片袖《かたそで》をまくりあげ、腕《うで》についているコントロールパネルのボタンをいくつか押《お》した。

数秒後には、フィルの頭の傷《きず》から垂《た》れさがっていた白い皮膚《ひふ》は、収縮《しゅうしゅく》しながら上のほうへ折り重なりはじめた。傷口《きずぐち》はどんどん小さくなっていき、やがてすっかり消えた。

「よし」フィルはにっこりした。「もうだいじょうぶ」それから壁《かべ》のほうを向いて、ひとりごとをブツブツ言いながらレバーを引いたりボタンを押《お》したりしはじめた。壁《かべ》に据《す》えつけられているスクリーンの画面をオンにする。

フィルは言った。「私《わたし》が自分で取りつけたんだ。これのおかげで仕事がずっとやりやすくなる」

手を横に伸《の》ばして壁《かべ》のボタンを押《お》すと、スクリーンの横の小さなスピーカーから心地よいジャズ音楽が流れてきた。

「少しくつろぐといいよ。海底まで潜《もぐ》るのは時間がかかるからね」フィルは小さな鉄のドアから出ていった。

ウィリアムは床《ゆか》に座《すわ》り、壁《かべ》に背中《せなか》をもたれた。イスキアも隣《となり》に座《すわ》った。

ふたりはしばらく黙《だま》っていて、周りを取り囲《かこ》んでいるさまざまな奇妙《きみょう》な音に耳を傾《かたむ》けていた。色々《いろいろ》な機器がビーッといったりカチカチいったりする音。巨大《きょだい》な金属《きんぞく》の潜水艦《せんすいかん》が深海に潜《もぐ》っていくのに対して水が押《お》し寄《よ》せ、船体がきしむ恐《おそ》ろしい音。

いくらか時間が過《す》ぎてから、ウィリアムは測深器《そくしんき》を見あげた。もう海溝《かいこう》の底まであと半分という深さだった。潜水艦《せんすいかん》の潜水《せんすい》スピードは速く、ウィリアムは耳と頭が痛《いた》くなってきていた。心臓《しんぞう》が鼓動《こどう》を打つたびに、頭の中をハンマーで叩《たた》かれているみたいだ。

「いま、どれだけの深さにいるのかわかってる？」イスキアがウィリアムのほうを見ないで言った。「こういう潜水艦《せんすいかん》は、これほどの深さを潜《もぐ》るためにはできてない」

「でも、フィルはこの潜水艦《せんすいかん》を改造《かいぞう》したって話だし」ウィリアムはイスキアだけじゃなく自分も安心させようとして言った。

ウィリアムは立ちあがり、壁《かべ》のモニター画面に近づいた。画面は真っ黒だ。スクリーンを何度か軽く叩《たた》いてみた。「壊《こわ》れてるのかな？」

「ううん。ずっとこんな感じで真っ黒だよ。この深さだと日射《ひざ》しが届《とど》かないから」イスキアが返事した。

ウィリアムは測深器《そくしんき》を確認《かくにん》した。水面から六千メートル近く下にいることを針《はり》が示《しめ》している。

「見て！」ウィリアムは画面を指さした。とげがあり、大きな口にカミソリのように鋭《するど》い歯がいっぱい生えた、あざやかな光を放つ魚が一匹《ぴき》、近くを泳いでいった。

フィルが制御室《せいぎょしつ》に入ってきた。「準備《じゅんび》して。もうじき着くぞ」

「着くって、どこに？」ウィリアムは画面を見やった。「ここには何もないよ！」魚は行ってしまい、画面はまた真っ黒になっていた。

「すぐに見えるさ。ここに来るのは久《ひさ》しぶりだ。ピラミッドの暗号を解《と》いた相手を連れて戻《もど》るのは、ちょっと不思議な感じだよ」

「最後にここに来たのは、どれぐらい前なの？」イスキアがきいた。

フィルは計算した。「えーっと。数百万年前だな。多少の誤差《ごさ》はあるとしても」

ウィリアムとイスキアは目配せを交わした。

「あそこだ！」フィルはモニターを指さしながらさけんだ。

「あれね」イスキアはモニターに近づいた。画面上でだんだん大きくなってきている灰色《はいいろ》の小さな点を、じっと見つめている。

「ピラミッドみたい」

「そのとおり」フィルの声は期待に震《ふる》えている。

「どうしてマリアナ海溝《かいこう》の底にピラミッドが？」イスキアはフィルをふり向いた。

「ピラミッドを造《つく》るのに最適《さいてき》な場所だから。誰《だれ》にも見つけられたくなければ、なおさら」フィルは答えた。

「でも、なんでピラミッドなの？」イスキアはなおもこだわっている。

「サハラ砂漠《さばく》に行ったことは？」フィルはきいた。

「ないけど」イスキアは答えた。

「あれはサハラで見られる大ピラミッドと同じような形をしてる。たとえばエジプト。この海底でもそうだが、ピラミッドの形は強い圧力《あつりょく》に耐《た》えるのに完璧《かんぺき》な構造《こうぞう》になっているんだよ」

「小さく見えるね」ウィリアムは目をそらすことができず、すっかり釘付《くぎづ》けになってピラミッドを見つめている。

「いや、エジプトのピラミッドよりずっと大きいよ」フィルは壁《かべ》のボタンをいじりながらつぶやいた。「実際《じっさい》のところ、三倍の大きさだ」

「三倍？」ウィリアムは驚《おどろ》いてくり返した。「このピラミッドも石でできてるの？」

「金属製《きんぞくせい》だよ。あれみたいに」フィルは床《ゆか》に置かれているピラミッドに顎《あご》をしゃくってみせた。

「このふたつのピラミッドは、正確《せいかく》な縮尺《しゅくしゃく》になっているんだ」

ウィリアムはピラミッドを見た。いまは光っていて、それもシンボルだけじゃない。金属《きんぞく》そのものが光りはじめているみたいだった。ピカピカ明滅《めいめつ》していて、そのたびごとにさらに明るくなっていく。

「あれはどうして光ってるの？」ウィリアムはたずねた。

「交信してるから」

「誰《だれ》と？」

「あれと」フィルは指さした。いまではモニター画面のピラミッドも明滅《めいめつ》している。

モニターに映《うつ》るピラミッドの光は、ウィリアムたちのところにあるピラミッドと同じタイミングで明滅《めいめつ》していた。

「何かにつかまっておいたほうがいいぞ。ここからはいつも、ちょっと荒《あら》っぽいことになるからね」

海底のピラミッドから光のビームが放たれた。ビームは暗い水を切り裂《さ》き、潜水艦《せんすいかん》に直撃《ちょくげき》した。潜水艦《せんすいかん》全体が激《はげ》しく揺《ゆ》れて、ウィリアムは後ろにひっくり返って床《ゆか》に倒《たお》れた。

そして、すべてが白い光の爆発《ばくはつ》に包まれた。

第三十五章

失われた都市

ウィリアムは目をあけて、あたりの様子をうかがった。まだ潜水艦《せんすいかん》の中にいる。イスキアはウィリアムの隣《となり》で床《ゆか》の上に座《すわ》っていて、肩《かた》をさすっている。

「イタタ。まるで衝突《しょうとつ》したみたい」イスキアはうめいた。

「こっちへ」フィルはついてくるようふたりを手招《てまね》きした。「牽引《トラクター》ビームは少しばかりやり方が乱暴《らんぼう》になることがあるんだ」

「トラクタービーム？」ウィリアムはよろよろと立ちあがった。

ウィリアムとイスキアはフィルのあとを追って、あわててドアから出ていった。

フィルは天井のハッチをあけようとしはじめた。

「何してるのよ？　外は水でいっぱいなのに」イスキアが抗議《こうぎ》した。

「もう違《ちが》う」フィルはハッチを押《お》しあけた。円い開口部からまぶしい光が射《さ》し込《こ》んでくる。

「行こう！」フィルはよじのぼってハッチをくぐり、白さの中に姿《すがた》を消した。

第三十五章　失われた都市

ウィリアムもついていこうとしたとき、イスキアに腕《うで》をつかまれた。

「ねえ、ウィリアム。安全かどうか、わからないんだよ」

「ここまで来たら、もうやめるわけにはいかない」ウィリアムはそう返事して、ハッチをくぐり抜《ぬ》けた。

ウィリアムは潜水艦《せんすいかん》の上に立っていた。潜水艦《せんすいかん》は大きな白い部屋に打ちあげられているようだ。

「ここまで降《お》りておいで」フィルが大声で呼《よ》びかけ、下から手をふった。フィルは潜水艦《せんすいかん》の横に立っている。

「これって何？」イスキアはゆっくりと立ちあがり、ウィリアムの隣《となり》で足を止めた。

「見当もつかない。確《たし》かめにいこう！」ウィリアムは言った。


一分後、ウィリアムとイスキアはフィルと並《なら》んで立っていた。白い部屋の中央の乾《かん》ドックに入っている巨大《きょだい》な潜水艦《せんすいかん》のほかは何もなく、ただただ白いだけだ。

「ここはどこ？」イスキアもウィリアムとまったく同じで、おびえているようだ。

「ようこそ」と女性《じょせい》の声がした。声は四方からきこえてきているみたいだった。

「ありがとう。戻《もど》ってこられて嬉《うれ》しいよ」フィルが言った。

「あなたが最後にここに来てから、二百万八百五十四年と二百七十四日、二時間五十四分が経《た》ちました」

「うわっ、光陰矢《こういんや》のごとしってのは本当だね」フィルはほほえんだ。

ウィリアムはフィルに身を寄《よ》せ、ささやいた。「誰《だれ》と話してるの？」

「わたしよ」いま、その声は背後《はいご》のどこかからきこえてきた。

ウィリアムがふり返ると、白いローブをまとった長い黒髪《くろかみ》の女性《じょせい》がいた。まるで天使みたいで、目がくらみそうなあまりの美しさに、ウィリアムはその人を直視《ちょくし》することも、目をそらすこともできずにいる。女の人はほほえみながら、まずイスキアを、次にウィリアムを、最後にフィルを見た。

「フィリップ、疲《つか》れてるみたいね」女性《じょせい》は気づかわしげな声で言った。「すぐに休んだほうがいいわ」

「ありがとう」〝休む〟という言葉がきまり悪いみたいに、フィルはうつむいた。

「あの人、何者なの？」イスキアが小声で言った。

「わたしはこの海底の記憶装置《きおくそうち》に入れられたデータを映像《えいぞう》で表したものです」女性《じょせい》は答えた。

「ホログラムみたいな?」ウィリアムはたずねた。

「まさにそうね」女性《じょせい》はにっこりした。それから口をつぐみ、明るい青い目で三人を見た。

「ピラミッドの暗号を解《と》いたのは?」

「彼《かれ》だ」フィルはウィリアムを指さした。

女性《じょせい》がこっちに視線《しせん》を戻《もど》し、ウィリアムは急に隠《かく》れたくなった。ぼくはイスキアを巻《ま》き込《こ》んで、どんなことに足を踏《ふ》み入れてしまったんだろう?

「あなた、名前は?」女性《じょせい》は近づいてきた。

「ウィリアム・ウェントン」ウィリアムは女性《じょせい》の顔をもっとよく見た。感じのいいほほえみを浮《う》かべているだけで、表情《ひょうじょう》に変化はない。

「こんにちは、ウィリアム・ウェントン。わたしのことを何者かと思っているのね?」

ウィリアムは息をのんだ。口の中がカラカラで、うなずくことしかできなかった。

「わたしはこの海底に存在《そんざい》していた文明の最後の代表者です」女性《じょせい》は唇《くちびる》にほほえみを浮《う》かべたまま言った。

「正しくは、私《わたし》たちふたりともだ」フィルが訂正《ていせい》した。

「そうね」女性《じょせい》はフィルを見た。「確《たし》かにわたしたちふたりは……かつてここに繁栄《はんえい》していた一大文明の、残された最後のふたりよ。昔、わたしたちは金属《きんぞく》のピラミッドの中に創《つく》られた海底の大都市に暮《く》らしていた――けれど、計り知れないほどの長い歳月《さいげつ》を経《へ》て、この水圧《すいあつ》で生き残れたのはピラミッドだけだった。わたしたちは〈失われた都市〉と呼《よ》んでいるわ」

ウィリアムはあっけにとられた。「あなたはコンピューターのプログラムなの?」

「わたしはさまざまな形態《けいたい》を取ることができる。あなたはわたしを通じて、何百万年もの研究を積み重ねた海底文明の知識《ちしき》をすべて手に入れられるのよ」

「それはもう膨大《ぼうだい》な情報《じょうほう》だ」フィルは誇《ほこ》らしげに言った。

「最後のテストに合格《ごうかく》すれば、あなたはそのすべての情報《じょうほう》を入手できる」天使のような女性《じょせい》は、いまはウィリアムをまっすぐ見つめている。

女性《じょせい》は話を続けた。「わかっているでしょうけど、大きなことがあなたにかかっているわ」

ウィリアムは素直《すなお》にうなずいた。急に自分がひどくちっぽけに思えた。この文明が何百万年もかけて集めてきたすべての知識《ちしき》に対する責任《せきにん》を負うのだと思うと、気が遠くなりそうだった。

「ここで暮《く》らしていた人たちに何があったの?」イスキアが質問《しつもん》した。

「何百万年も前、人類はクリプトポータルを通って地球を去ることを強いられた」女性《じょせい》は穏《おだ》やかな声で話した。「地上に住む人々《ひとびと》の体をルリジウムが乗っ取ったとき、少数の人々《ひとびと》は逃《に》げおおせた。彼《かれ》らはこの海底に逃《のが》れてきたの。深海に。ここなら安全だった」

いまの話をちゃんと理解《りかい》できるよう、女性《じょせい》は少し間を置いてから、また話を続けた。

「彼《かれ》らは何千世代――何百万年――にもわたって、ここで暮《く》らしつづけた。そのあいだじゅうずっと、たったひとつの目標を見据《みす》えながら。それは、ルリジウムが地球に戻《もど》ってくることがあれば、打ち負かせる方法を探《さが》すことよ」女性《じょせい》は口をつぐんだ。

「それで、見つけたの？　その方法を」ウィリアムはたずねた。

「ええ、見つけたわ」女性《じょせい》はにっこりした。「数え切れないほどの世代が挑戦《ちょうせん》と失敗をくり返したあとで、無敵《むてき》と思われるルリジウムの力をくじくものをついに考案した」

「それは何？」ウィリアムはつばをゴクリとのんだ。

女性《じょせい》はまたフィルのほうを見た。「あれを持っている？」

フィルはうなずき、片方《かたほう》のポケットに手を入れた。そして、小さなピラミッドを取りだした。

フィルがピラミッドをウィリアムたちの前の床《ゆか》に置く。オービュレーターだ。

「あったわね」女性《じょせい》は穏《おだ》やかな声で言った。

フィルはピラミッドにリモコンを向けた。「さがっておいたほうがいい」と言って、ウィリアムとイスキアにさがるよう身ぶりで示《しめ》した。

ふたりは言われたとおりにした。

ビビッ！　という音とともに、まぶしい光がまたたき、ピラミッドはウィリアムたちを見おろすまでに大きくなった。

「これがオービュレーターよ。何百万年もの研究の成果。そしていま、これはもうすぐあなたのものになる……最後の試験に合格《ごうかく》すれば」

「だけど」ウィリアムはめまいを覚え、ひどい頭痛《ずつう》がした。「それはなんなの？」

「これは世界で最も強力な兵器。ルリジウムを打ち負かせる唯一《ゆいいつ》のものよ」

女性《じょせい》は口をつぐみ、明るい目でウィリアムを見つめた。そのとき、ウィリアムは気づいた。背景《はいけい》が白いせいで、いままで見えなかったのだ。でもいまは、キューブが現《あらわ》れている金属製《きんぞくせい》のピラミッドの前に立っていると、彼女《かのじょ》が透《す》けているのが見えた。うっすらとではあるが。ウィリアムは怖《こわ》くなった。

「それで……？」イスキアがもどかしそうに言う。「どうすればルリジウムを倒《たお》せるの？」

「ウィリアムが最後のテストに合格《ごうかく》したら、教えましょう」女性《じょせい》は静かに言った。

「ぼくが最終テストを合格《ごうかく》しなかったら、どうなる？」ウィリアムは恐怖《きょうふ》に声を震《ふる》わせながらきいた。

「そのときは、ここに残らなければならない」女性《じょせい》は返事した。「あなたたち、ふたりとも」

「どれだけのあいだ？」きかなくても、答えはわかっている気がした。

「一生よ。そしてフィリップは来た道を戻《もど》り、オービュレーターの暗号を解《と》ける相手の捜索《そうさく》を続けることになる」

「じゃあ、ウィリアムがテストに合格《ごうかく》したら？」イスキアがたずねた。

「そのときは、オービュレーターはあなたたちのものになり、地上に戻《もど》ることができるわ。すべての情報《じょうほう》はそこに入っていて、ルリジウムと戦うのに利用できる」

そう言い残すと、女性《じょせい》は消えた。

第三十六章
海底の暗号解読《かいどく》

ウィリアムはあたりを見まわした。何もかもがまぶしい白さで、どこまでが床《ゆか》でどこからが壁《かべ》か、見わけるのもままならないほどだ。

「こんなの、すごくいや」イスキアが言った。

ウィリアムもいやだったけれど、口にはださなかった。取り乱《みだ》すわけにはいかない。

「フィルもいなくなった。潜水艦《せんすいかん》も。どうしてあんなふうに何もかも消えてしまったんだろう?」

「ここからは、すべてあたしたちにかかってるからだよ……厳密《げんみつ》に言えば、あんたに」

「暗号はこれに関係があるはずだ」ウィリアムはピラミッドを指さした。

「でも、手で扱《あつか》うには大きすぎるよ」イスキアはピラミッドに近づき、表面に手を触《ふ》れた。

「いまでは何千トンもの重さがあるはず」

ウィリアムはピラミッドを見あげた。これを持ち歩いていたと思うと、不思議だった。

「さてと、一日じゅうぼーっと突《つ》っ立ってるわけにはいかない。何か行動しないと」ウィリアムは自分を奮《ふる》い立たせた。

上着を脱《ぬ》いで床《ゆか》に放り、袖《そで》まくりをすると、目の前にあるピラミッドの表面をじっくり観察した。ピラミッドの壁《かべ》は視界《しかい》いっぱいに広がっている。ウィリアムは目を閉《と》じ、待った。ここに暗号が隠《かく》されているなら、いつもの体の震《ふる》えがそのことを教えてくれるはずだ。

けれど、何も起きなかった。

「ここでは、あなたの体内のルリジウムは助けてくれないわ」女性《じょせい》の心地よい声がした。

ウィリアムはキョロキョロした。あの女性《じょせい》の姿《すがた》はどこにもない。すぐ後ろに立っているイスキアを見た。

「いまのきこえた？」

「きこえたって、何が？」

「なんでもない」ウィリアムはピラミッドに注意を戻《もど》した。

このピラミッドは暗号にきまってる。じゃなきゃなんでここにある？　おまけに、ここにはほかに何もない。

ウィリアムは表面の奇妙《きみょう》なシンボルにすべての集中力を注いだ。この海底では体内のルリジウムが役に立たないというのが本当なら、この問題を解《と》くには、生まれ持った自分の能力《のうりょく》に頼《たよ》るしかない。そう考えると怖《こわ》かった。

頭をフル回転させていると、すぐ目の前のピラミッドの表面にあるものにふと気づいた。ずっとそこにあったのかもしれないが、刻《きざ》み込《こ》まれたさまざまなシンボルに半ば隠《かく》れていた。

これはドアなのか？

ウィリアムは片手《かたて》をあげて、ピラミッドの表面にある四角いくぼみに触《ふ》れた。取っ手も錠《じょう》もない。

「何か見える？」背後《はいご》からイスキアが言うのがきこえた。その声は遠く、いまでもすぐ後ろにいるはずだとわかっているのに、ずっと遠くに行ってしまったみたいだった。

ウィリアムは返事をしなかった。すべての意識《いしき》をドアに向けていた。あけろということだろうか？　でも、どうやって？

そのとき、それがさらに小さなピースに分かれていることに気づいた。パズルみたいに。前に見たことのあるパズル……でも、どこで見たんだった？　ウィリアムは昔から視覚《しかく》的な記憶力《きおくりょく》が抜群《ばつぐん》で、写真のように記憶《きおく》できるほどだった。

目をつぶり、心の目でフィルを思い描《えが》く。詳細《しょうさい》をひとつ残らず再現《さいげん》しようとした。頭、腕《うで》、

第三十六章　海底の暗号解読

脚《あし》、ロングコート。小さなパズルのピースでできているような白い皮膚《ひふ》を思いだし、頭の中でフィルの顔にズームインする。最初にフィルの皮膚《ひふ》に気づいたとき、だまし絵みたいだと思っていた。

いまになって、きっとそれ以上の意味があったのだとわかった。

あれはウィリアムがいま向き合っている暗号の手がかりだったのだろうか――それどころか、答えだったのか？

思い描《えが》いたフィルの姿《すがた》を頭の中にとどめながら、手を伸《の》ばしてドアに触《ふ》れた。表面に手をすべらせる。金属製《きんぞくせい》のピースがバラバラになり、動かして配置を換《か》えられるようになった。フィルの皮膚《ひふ》で見たとおりのパターンを再現《さいげん》すべく、ウィリアムはピースを配置しなおしはじめた。

両手を使って、どんどんすばやくピースを動かしていく。まるで催眠状態《さいみんじょうたい》に陥《おちい》っているみたいだ。体内のルリジウムが暗号解読《かいどく》を助けてくれるときのように。ただし、いま暗号を解《と》いているのはルリジウムではなく、ウィリアムだ。それは強烈《きょうれつ》な感覚で、ピースを収《おさ》めていくたびに、自信が深まっていった。

とつぜん、ドアの内側からゴトゴトと低い音がした。ウィリアムは一歩さがり、ドアがゆっくり開くのを見守った。

「やった！」背後《はいご》でイスキアが息をのんだ。

「まだだ。これで終わりだとは思えない」

ウィリアムはドアの向こうに広がる闇《やみ》をにらんだ。中に入らなければいけないことはわかっていた。戸口に一歩近づくと、胸《むね》の鼓動《こどう》が重苦しくなり、全身に震《ふる》えが走った。

「あたしもいっしょに行く」イスキアがそう言うのがきこえた。

「だめだ」ウィリアムはきっぱりと言った。「何か起きたときに備《そな》えて、きみはここに残らなきゃ」

ウィリアムは戸口のすぐ手前で立ち止まり、中をのぞいた。

ドアの向こうには闇《やみ》だけが広がっている。それでも、ひとりで中に入らないと。ぼくとイスキア、両方の命がこれにかかっている。あるいは世界の未来も。この最後の暗号を解《と》くのに失敗したら、永遠《えいえん》にこの海底に閉《と》じ込《こ》められてしまう。

恐怖《きょうふ》に全身をこわばらせながら、ウィリアムはピラミッドの中の闇《やみ》へと足を踏《ふ》み入れた。

第三十七章 エイブラハムの罠《わな》

ピラミッドの中は真っ暗で凍《こご》えるようだった。顔に冷たい空気を感じる。背後《はいご》の戸口から射《さ》し込《こ》む光によって、息が霧《きり》のようになっているのが見えた。

ここは不思議なほど暗い。戸口から射《さ》し込《こ》んでいる光はあたりを照らすのにじゅうぶんなはずなのに、周りが見えなかった。

ここには何もないのかもしれない。暗号解読《かいどく》の答えがピラミッドの中にあると思ったのは間《ま》違《ちが》いだったのかも。

「ウィリアム?」外からイスキアが呼《よ》びかけてきた。

「ぼくは無事だよ。ここには何もない」

「だったら、もう出ておいでよ。なんだかいやな――」

ウィリアムの後ろでドアが閉《し》まり、イスキアの声は唐突《とうとつ》にさえぎられた。ふり返ってドアへ向かったが、暗闇《くらやみ》しかない。金属製《きんぞくせい》の壁《かべ》にぶつかり、乱暴《らんぼう》に止められた。両手で必死にドアを探《さが》してみても、壁《かべ》の表面は磨《みが》きあげられた金属《きんぞく》みたいに平らだ。ドアはなくなってしまった。そしてウィリアムは閉《と》じ込《こ》められた。

きこえるのは、自分のすばやい呼吸音《こきゅうおん》だけだ。鼓動《こどう》がはげしく、頭が痛《いた》くなる。さらに寒くなってきているんじゃないだろうか？

こぶしで壁《かべ》を叩《たた》き、せいいっぱい大声でさけんだ。

「**イスキア!?**」

その声は闇《やみ》の中でこだました。壁面《へきめん》に頭をつけて、耳を澄《す》ました。けれど、返事はない。イスキアはいまも外にいるのだろうか？　それとも、彼女《かのじょ》に何かあったのか？　これはすべて罠《わな》だった？

「あの子にはきこえないよ、ウィリアム」背後《はいご》の暗闇《くらやみ》から、ざらついた声がした。

ウィリアムは固まった。誰《だれ》の声かすぐにわかった。

「こっちを向け、ウィリアム」そのしゃがれ声は続けた。

ウィリアムはゆっくりとふり向き、声がきこえてきた闇《やみ》をのぞいた。

「いい子だ」声はもっと近くなっている。顔に誰《だれ》かの不快《ふかい》な冷たい息を感じた。

「私《わたし》に会うために、ずいぶん遠い道のりをやってきたな」

第三十七章　エイブラハムの罠

ウィリアムは沈黙《ちんもく》を続けた。闇《やみ》の中にいる相手から離《はな》れようと必死で、背後《はいご》の壁《かべ》に体を張《は》りつかせた。

「何が望みだ？」ウィリアムは問いかけた。声が恐怖《きょうふ》に震《ふる》えていた。ヴィクトリア駅の地下にある掩蔽壕《えんぺいごう》で起きたことの記憶《きおく》が一気に押《お》し寄《よ》せてくる。エイブラハム・タリーの骨《ほね》っぽい乾《かわ》いた手で首を絞《し》められた感触《かんしょく》が甦《よみがえ》った。

あのとき、エイブラハムはウィリアムの体内にあるルリジウムを狙《ねら》っていた――今回もそれが狙《ねら》いなのか？

だけど、どうやってここへ？　エイブラハムはクリプトポータルの向こうに消えたのだ。マリアナ海溝《かいこう》の底へテレポーテーションしていたのだろうか？　それはちょっとばかげているように思える。海底にテレポーテーションするためだけに、はるばるヒマラヤへ行くなんて。

だけど、エイブラハム・タリーはここにいる。それは確《たし》かだ。

「何が望みなんだ？」ウィリアムは目の前に広がる真《ま》っ暗闇《くらやみ》に向かってくり返した。

「わかりきったことじゃないか？」闇《やみ》の中からエイブラハムが非難《ひなん》を込《こ》めてささやいた。「私《わたし》の望みはウィリアム、おまえだ。私《わたし》とおまえは運命共同体だ。いっしょならどれほどのことが成し遂《と》げられるか」

「あんたはここにいない。いるはずがない。ぼくの頭の中に響《ひび》いてる声に過《す》ぎないんだ。消えろ！」

前触《まえぶ》れもなく、何千という小さな光の点がまたたき、ウィリアムの周りで明滅《めいめつ》しはじめた。星が散りばめられた澄《す》んだ夜空みたいだ。小さな光の点に一部を照らされて、目の前に黒い人影《ひとかげ》が立っていた。

エイブラハム・タリーだ。

最後に見たときよりも、いまのほうが若返《わかがえ》って見えた。肩幅《かたはば》が広くたくましく、腕《うで》と手は筋肉質《きんにくしつ》で硬《かた》そうだ。お葬式《そうしき》に行く途中《とちゅう》みたいに、黒いスーツを着ている。あごひげはもう白髪《しらが》まじりではなく、周囲《しゅうい》の闇《やみ》のように真っ黒だ。黒い目はきらめいて見える。その顔に笑みが広がった。

「これでもまだ、私《わたし》はここにいないと思うか？」

ウィリアムは答えなかった。これまでの人生が目の前に映《うつ》しだされていく。イギリスでの子供《こども》時代。ノルウェーに逃《に》げたこと。研究所で過《す》ごした日々《ひび》。

ぼくはエイブラハムの手で殺《ころ》されてしまうのか？　そういうことなのか？　こんなふうにすべてが終わるのか？

第三十七章　エイブラハムの罠

死にものぐるいで周りを見まわした。行き場はどこにもない。逃《に》げ場《ば》なし。隠《かく》れる場所もなし。エイブラハム・タリーはついにぼくを捕《つか》まえて、ロンドンの地下にあるあの掩蔽壕《えんぺいごう》で始めたことを、これから終わらせようとしている。

「ウィリアム、私《わたし》はおまえが望むすべてを与《あた》えることができるのだ」

「じゃあ、ここからだしてくれ」せっぱつまってウィリアムは言った。

エイブラハムは小さく笑いをもらした。

「やるじゃないか」エイブラハムは話を続けた。「私《わたし》のもとに来い。自分の心に従《したが》えば、私《わたし》が正しいとわかるはずだ。私《わたし》とおまえは……我々《われわれ》は同じだ。体内に同じすばらしいものがある。なんの話かわかるだろう。おまえも結びつきを感じているはずだ」エイブラハムは一歩近づいてきた。

ウィリアムは後ろの壁《かべ》に思い切り体を押《お》しつけているせいで、全身が痛《いた》くなった。

エイブラハムはウィリアムのすぐ目の前で止まり、片手《かたて》をあげてウィリアムの肩《かた》にのせた。

「地球にルリジウムを戻《もど》らせるのを手伝ってくれ。あるべき場所に戻《もど》らせるのを。新たな始まりと新しい世界のために」エイブラハムは静かに言った。

「ルリジウムが戻《もど》ったら、地球の人たちはどうなる？」ウィリアムは怒《いか》りを沸《わ》きあがらせ、問いかけた。

「決まってるだろう、皆《みな》が救《すく》われることになる」

「救《すく》われる?」

「そうだ」エイブラハムは邪悪《じゃあく》な笑みを浮《う》かべた。「おまえや私《わたし》のように、ルリジウムと融合《ゆうごう》するのだ。ただし、もっと大規模《だいきぼ》にな」

「あんたはいかれてる!」

エイブラハムはぴたりと止まった。笑みが消え、黒い目でウィリアムを見据《みす》えている。

「なんだと?」

急にウィリアムは勇気をくじかれた。エイブラハムはさらに身を寄《よ》せてきて、その酸《す》っぱい息に喉《のど》が詰《つ》まりそうになった。

「暗号を寄《よ》こすんだ。アンチ・ルリジウムをこっちにわたせ。あれは私《わたし》のものだ」

これでエイブラハムの狙《ねら》いがわかった。ルリジウムに世界を乗っ取られるのを阻止《そし》するために人類が使用できる唯一《ゆいいつ》のものを、エイブラハムは手に入れたがっている。アンチ・ルリジウムを求めていたのだ。すべては、ウィリアムをだましてアンチ・ルリジウムをわたさせるための、ずる賢《がしこ》い策略《さくりゃく》だった。

第三十七章　エイブラハムの罠

「わたすもんか！」ウィリアムは声を限《かぎ》りにさけんだ。「あんたにわたすぐらいなら、死んだほうがマシだ！」

エイブラハムは身をそらし、ウィリアムを見た。あぜんとした顔で、その目は驚《おどろ》きの色に満ちている。

「本気で言っているんだな？」

「あたりまえだ」ウィリアムは答え、壁《かべ》から離《はな》れた。

「だったら、もう行っていい」エイブラハムは言った。けれど、いまではその声は優《やさ》しくなっていた。女性《じょせい》の声にきこえるほど。

「なんだって？」

カチリと小さな音がして、背後《はいご》でドアが開いた。

ウィリアムはふり返り、ドアを見た。外の白い光が戸口から射《さ》し込《こ》んでいる。

もう一度エイブラハムのほうをふり向いたが、姿《すがた》が消えていた。

ウィリアムはピラミッドの外に出た。

「ウィリアム」イスキアが抱《だ》きついてきた。「あんたを中に残してドアが閉《し》まったときは、罠《わな》かと思ったよ」

「きみは手強《てごわ》い交渉相手《こうしょうあいて》だな」フィルが言った。フィルはあの白いローブの女性《じょせい》といっしょに、少し離《はな》れたところに立っていた。

イスキアはウィリアムを放し、ふたりのほうを向いた。

「やったね、ウィリアム」イスキアは目に涙《なみだ》を浮《う》かべている。「無事に脱出《だっしゅつ》できた。テストに合格《ごうかく》したんだよ」

ウィリアムはフィルを見た。「でも、エイブラハムが……」後ろを示《しめ》しながら言う。「中にエイブラハムがいた」

「あれはホログラムよ、わたしみたいにね」女性《じょせい》が言い、優《やさ》しくほほえんだ。「追い詰《つ》められて屈《くっ》するような相手にアンチ・ルリジウムをわたす危険《きけん》は冒《おか》せなかったの。たとえそれが世界一の暗号解読者《かいどくしゃ》であっても」

フィルがウィリアムに近づき、目の前で止まった。そして手を差しだし、ふたりは握手《あくしゅ》を交わした。

「ウィリアム、きみと知り合えて本当によかった。きみとイスキアは戻《もど》るときが来た」

「フィルは来ないの？」ウィリアムはきいた。

「私《わたし》の仕事はようやく終わった。少しばかり休養を取らせてもらうよ」フィルはにっこりして、

第三十七章　エイブラハムの罠

ポケットからリモコンを取りだした。大きなピラミッドにリモコンを向けると、ビビッという音とともに、ピラミッドは元のサイズに縮《ちぢ》んだ。

「もうあなたのものよ、ウィリアム。気をつけて使いなさい」女性《じょせい》が言った。

フィルはピラミッドを拾いあげ、ウィリアムに手わたした。「命がけで守るんだぞ」

ウィリアムはうなずき、フィルの手から小さなピラミッドを受け取った。

第三十八章 リターンコード

ウィリアムは潜水艦《せんすいかん》の制御室《せいぎょしつ》に戻《もど》っていた。寒くて暗い。エンジンの単調な低いうなりが遠くにきこえている。ウィリアムはあたりを見まわした。制御室《せいぎょしつ》には、ほかに誰《だれ》もいない。

「イスキア?」呼《よ》びかけても返事がない。

「イスキア!?」もう少し大きな声でくり返した。やっぱりきこえるのは潜水艦《せんすいかん》のエンジン音だけだ。

壁《かべ》のスクリーンは暗かった。あざやかに光っている魚が二、三匹《びき》通り過《す》ぎていく。海底にはピラミッドの影《かげ》も形もない。

オービュレーターはウィリアムの前の床《ゆか》に置かれていた。謎《なぞ》めいたシンボルが明滅《めいめつ》している。アンチ・ルリジウムの詰《つ》まったオービュレーターがこんなに近くにあることが、いまいちピンとこなかった。でも、調べるのはあとまわしだ。まずはイスキアを捜《さが》さないと。

「イスキア!?」もう一度、声を張《は》りあげた。

第三十八章　リターンコード

「ここだよ！」背後《はいご》から急にきこえた。

　ふり向くと、イスキアが制御室《せいぎょしつ》の奥《おく》にある小さなドアをくぐるのが見えた。

「ここにいるのはあたしたちだけ？」イスキアはキョロキョロした。

「うん。どこにいたんだ？」

「機械室に出てきたの」イスキアは上着についた油染《あぶらじ》みをはたき落とそうとしながら言った。そして床《ゆか》の上で光っているオービュレーターを見た。「さっきのはなんだったのかな？　あたしたちはそのピラミッドの中にいたのか、それとも海底の大きなピラミッドの中にいたんだと思う？」

「わからない。でも、最後の暗号を解《と》くのには成功したみたいだ！」

　イスキアはにっこりした。「そうだよ、やったね」けれど、話を続けると、その顔から笑みが消えた。「またいつか彼《かれ》に会いたいな」

「ぼくもだよ。でも、フィルはきっと休む気満々《まんまん》だ。数百万年っていうのは、本当に長い勤務《きんむ》だからね」

　イスキアはうなずいた。

　ウィリアムは制御装置《せいぎょそうち》の別の複雑《ふくざつ》そうなパネルのところへ歩いていった。「このどこかに送信機のようなものがあるはずだ」点滅《てんめつ》しているボタンに目を走らせていく。

「あれは?」イスキアが古い無線機を指さした。

ウィリアムは無線をオンにした。スピーカーがパチパチいう。エマ二〇〇〇の周波数に合わせると、雑音《ざつおん》は心地よいエレベーター音楽に替《か》わった。

「エマ二〇〇〇にようこそ」ききおぼえのある声がした。「旅をするには最高の手段《しゅだん》です。必要なのは目的地の座標《ざひょう》を決定することだけで、あとはエマ二〇〇〇が目的地までお連れします」

「ロンドンの座標《ざひょう》がわかる?」ウィリアムはイスキアを見た。

「お帰りの際《さい》は、リターンコード000を入力してください」女性《じょせい》の声が言った。

ウィリアムは息を吐《は》きだし、リターンコードを入力した。

「ありがとうございます。エマ二〇〇〇を配置」

ウィリアムは数歩さがり、壁《かべ》の取っ手にしがみついた。何か目に見える反応《はんのう》がないかと、ふたりは暗いモニター画面を見つめている。

「エマはこの深さまで潜《もぐ》れると思う?」イスキアが問いかけた。

ウィリアムが返事をする間もなく、暗い画面の中に何かがひょいと現《あらわ》れた。光を放っている小さな点が、次第に大きくなっていく。近づいてくるにつれて、巨大《きょだい》なテレポーテーション蛸《たこ》の触手《しょくしゅ》が判別《はんべつ》できるようになった。

「合体準備《ドッキングじゅんび》」エマの声がアナウンスした。

ドーンという音が潜水艦《せんすいかん》に響《ひび》きわたり、周囲《しゅうい》の何もかもが揺《ゆ》れたあと、また静かになった。

「ドッキング完了《かんりょう》。テレポーテーション準備《じゅんび》」

ウィリアムとイスキアは見つめ合った。遠いとどろきが金属製《きんぞくせい》の潜水艦《せんすいかん》いっぱいに広がっていく。

「テレポーテーションまであと5……4……3……」声がカウントダウンする。

周りの電子機器が火花を散らした。イスキアは目を見開いた。

「2……1……」

ビビッ！

すさまじい力で吸《す》いあげられているような感覚があり、そのあとふたりはまた地面にドサッと落ちた。力強い波が潜水艦《せんすいかん》の外面に押《お》し寄《よ》せてくる。

潜水艦《せんすいかん》が巨大《きょだい》なゆりかごみたいに揺《ゆ》れるあいだ、ウィリアムとイスキアは並《なら》んでじっと横たわっていた。

すると、いきなり揺《ゆ》れはおさまり、またすっかり静かになった。

「着いたのかな？」イスキアが立ちあがりながらきいた。

「すぐにわかるよ」ウィリアムも立ちあがった。砂嵐《すなあらし》しか映《うつ》っていない画面を見あげ、ハッチへ通じるはしごのところまで歩いていく。

「外に何が待ってるかわからないよ。あたしたちが出てくるのを、ゴッフマンが待ち構《かま》えてるかも」イスキアが警告《けいこく》した。

「選択《せんたく》の余地《よち》はないよ。ここにずっといるわけにもいかないんだから」ウィリアムは言い返した。

はしごをのぼって、開閉用《かいへいよう》ハンドルをつかみ、力いっぱいひねる。カチッといって円いハッチが開き、ウィリアムは押《お》しあけた。

警戒《けいかい》しながら頭を突《つ》きだし、外をのぞいてみる。

ビッグベンの地下にある貯水池《ちょすいち》に戻《もど》っていた。

地下のトンネルに通じる鉄のドアをふさいだまま、フィルのロンドンバスの半分から黒い煙《けむり》が立ちのぼっている。

天井のがんじょうな鉄の梁《はり》が変形し、石炭みたいに赤熱している。傷《きず》ついた電力ケーブルがパチパチ音を立てた。

ウィリアムは身震《みぶる》いした。ふり返り、イスキアを見おろして声をかける。

「水が電気を通してるみたいだ。それに、ここはめちゃくちゃだよ。でも、人の姿《すがた》は見あたらない」

「だからって、ここにいるのがあたしたちだけとはかぎらないよ」

「ぼくが先に出て確《たし》かめてくる。そのあときみはオービュレーターを持って出てきてくれ」

「了解《りょうかい》」

出口はバスの後ろのドアしかない。ウィリアムはよじのぼってハッチを通り抜《ぬ》け、焼けたゴムのにおいを嗅《か》ぎ取り、歯を食いしばった。

第三十九章

支配《しはい》された体

ウィリアムは潜水艦《せんすいかん》の外のはしごをくだり、コンクリートの桟橋《さんばし》のへりに降《お》り立った。イスキアは潜水艦《せんすいかん》のハッチから顔をだし、ウィリアムが進んでいくのを目で追っている。

ウィリアムはふり返り、貯水池《ちょすいち》をしげしげとながめた。大きな鉄のドアまでの距離《きょり》はたった二十メートルで、ドアは少し開いている。ことによると、その先のトンネルでゴッフマンが待ち構《かま》えていてもおかしくない。オービュレーターを持って出てきても安全だとイスキアに合図する前に、調べておく必要がある。アンチ・ルリジウムを手にしているいま、少しの危険《きけん》も冒《おか》すわけにはいかなかった。ウィリアムは慎重《しんちょう》にドアへと近づいていく。濡《ぬ》れたコンクリートの床《ゆか》で火花を散らしている電力ケーブルを、注意しながらまたぎ越《こ》える。

入口の一部をふさいでくすぶっているバスの残骸《ざんがい》を見やった。猛烈《もうれつ》な熱さが伝わってきて、ウィリアムは上着を脱《ぬ》いで小さく丸めると、顔の前に掲《かか》げた。あまりの熱さに、髪《かみ》の毛に火がつきそうな感じがする。開いたドアへと走り、その先の暗くて涼《すず》しいトンネルにそのまま出て

第三十九章　支配された体

いけと生存本能《せいぞんほんのう》が求めていたけれど、外に何が待っているかわからない。

「ウィリアム！」燃《も》えているバスとドアに近づいているとき、イスキアがさけぶのがきこえた。ウィリアムはふり返らずに片手《かたて》をあげ、身を乗りだしてトンネルをのぞいてみるまで待っているようにと身ぶりで示《しめ》した。いくつかの古い白熱電球がじゅうぶんな光を照らしていて、トンネルには誰《だれ》もいないとわかった。

「ウィリアム！」またイスキアだ。

「ここには誰《だれ》もいない」ウィリアムはふり向いた。「出ていこう――」その場に加わっていた相手を見て、ウィリアムは身をすくめた。

ゴッフマンが、正気を失った目――コーネリア・ストラングラーがかつてそうだったのと同じく、予測《よそく》できない動きでキョロキョロと動きまわる目――でウィリアムを見つめ、身じろぎもせず立っていた。その顔にはどこか変化が見られた。いまではゴッフマンというよりコーネリアの顔つきになっていて、狂気《きょうき》に燃《も》えている。ところどころ髪《かみ》の毛が焼けていて、顔の片側《かたがわ》は大きな火傷《やけど》ですっかり覆《おお》われていた。機械仕掛《きかいじか》けの手の指を落ち着きなく曲げ伸《の》ばししている。

ウィリアムはどうするべきかわからなかった。イスキアは潜水艦《せんすいかん》の中から出てこられない。

もしも出てきたら、ゴッフマンは彼女《かのじょ》を捕《つか》まえてオービュレーターを奪《うば》うだろう。イスキアが水中に飛び込《こ》んだとしたら、感電してしまう。

「あれはどこだ？」その声はもはやゴッフマンのものではなく、コーネリアの声になっていた。

「ぼくたちは持ってない……」ウィリアムはとっさにそう答えていた。

「ばかな！」ゴッフマンはわめいた。「おまえはテストに合格《ごうかく》した。さもなければ、戻《もど》ってきてはいないはずだ。アンチ・ルリジウムはどこにある？」

ウィリアムの日はイスキアのほうへ引き戻《もど》されそうになったが、見ないようにした。ゴッフマンの注意を自分からそらしたくない。このままゴッフマンにしゃべりつづけさせておけば、窮地《きゅうち》を脱《だっ》する方法をイスキアが考える時間ができる。

「あの子が持っているのか？」ゴッフマンは異常《いじょう》な目でイスキアを見つめている。

ウィリアムが何か言うより前に、イスキアがオービュレーターを掲《かか》げて、電気の通っている水の上にささげ持った。

「ウィリアム、手を離《はな》したほうがいい？　これならその人もすぐには手に入れられないでしょう」イスキアが言った。

ウィリアムは暗い水の中を見おろした。イスキアがオービュレーターをここに落とせば、

第三十九章　支配された体

オービュレーターは何千ボルトという電気でフライになり、そのまま暗い深海へと沈《しず》んでいくだろう。ウィリアムはフィルの言葉を思いだした。ここがどれほど深いのか、正確《せいかく》なところは誰《だれ》も知らない。オービュレーターを取り戻《もど》すには、永遠《えいえん》ともいえる時間がかかるだろう。

「待った！」ウィリアムはゴッフマンをにらみながら言った。

わかってくれるよう説得《せっとく》する方法があるはずだ。あの不気味な目の奥《おく》のどこかには、昔のゴッフマンがきっといるのだから。

「ゴッフマン、何があったんだ？　コーネリアの手のせいなのか？」

「こうなることを招《まね》いたのは、ゴッフマンにほかならない。あの愚《おろ》か者はこの手をほうっておけなかっただけだ」

「へえ？」研究所でしていたように、いまゴッフマンは自分のことを三人称《さんにんしょう》で話していた。

「ゴッフマンはもうここにはいない」ゴッフマンはせせら笑った。

「どういうことだ？　あんたはゴッフマンじゃないか」

「これはあの男の肉体に過《す》ぎない。もうこの中には存在《そんざい》しない。ふたりともを受け入れる余地《よち》はないのだから。私《わたし》が勝った。いま存在《そんざい》するのは私《わたし》だけだ」

「コーネリア」その名前を呼《よ》ぶだけで、ウィリアムの口の中にいやな後味が残った。いつも彼《かの》女《じょ》につきまとっていた、あの焦《こ》げたにおいが甦《よみがえ》るように。

ゴッフマン――というよりコーネリア――は、にやりとした。これはウィリアムにとって最低の悪夢《あくむ》だ。コーネリアが戻《もど》り、アンチ・ルリジウムをほしがっている。

「ゴッフマンは初めてこの手を装着《そうちゃく》したとき、自分が恐《おそ》ろしい間違《まちが》いを犯《おか》したことに気づいた。けれど、そのときにはもう手遅《ておく》れだった。この手はすでに私《わたし》をゴッフマンの体に移《うつ》していた。あの男が私《わたし》を追い払《はら》う方法はひとつもなかった。ゆっくり、だけど確実《かくじつ》に、私《わたし》はゴッフマンを支配《しはい》していった」

コーネリアはそこで間を置き、あの異常《いじょう》な目をウィリアムに向けた。自分の話をしっかり理《り》解《かい》させたいというかのように。ウィリアムのことも取り込もうというかのように。

「ゴッフマンはせいいっぱい抵抗《ていこう》し、大切なすべてのロボットたちを救《すく》おうとして、引退《いんたい》させて屋根裏《やねうら》に隠《かく》した。ベンジャミンとわざと仲たがいをして、辞職《じしょく》して研究所を去るよう仕向けた。ゴッフマンは私《わたし》に変わるところをベンジャミンに見せたくなかったんだろう」

まだそこにいるのを確《たし》かめるように、コーネリアはイスキアを見あげると、黒い目をウィリアムに戻《もど》した。

「すると、オービュレーター・エージェントがとつぜん現《あらわ》れた」コーネリアは冷笑し、話を続けた。「オービュレーターを手に入れて破壊《はかい》するためなら、私《わたし》がどんなことでもやるだろうとゴッフマンは知っていた」

「じゃあ、ゴッフマンが初めてさわったとき、あんたはあの手の中にまだ存在《そんざい》していたんだな？」時間を稼《かせ》ぐため、ウィリアムは静かにたずねた。

「もちろん。クリプトポータルの一件《いっけん》のあと、私《わたし》が逃《に》げおおせるにはそれしか方法がなかった。自分を断片化《だんぺんか》して、あの手の中に保存《ほぞん》した。誰《だれ》かが手を装着《そうちゃく》するのは時間の問題だとわかっていた。そうすれば、瓶《びん》の中の魔神《まじん》みたいに、また自由になれると」

コーネリアは意地の悪い笑みを浮《う》かべた。「でも正直言って、あの手を装着《そうちゃく》するのがゴッフマンだったのは、大きな驚《おどろ》きだった。あの哀《あわ》れな愚《おろ》か者は、ただ試してみたかっただけだ。なんと大きな間違《まちが》いを！」

「いま、ゴッフマンはどこにいる？」答えをきくのは耐《た》えがたかった。

「永遠《えいえん》に消えた。おしゃべりはここまでだ」

コーネリアは潜水艦《せんすいかん》のほうを向いた。「あの子はどこへ行った？」

「ここだよ！」イスキアがハッチからまたのぼってきた。

「オービュレーターを寄越《よこ》せ」コーネリアはウィリアムを見もせずに、機械仕掛《じか》けの手をまっすぐ狙《ねら》い定めた。「さもないと、ウィリアムを粉砕《ふんさい》する」

ウィリアムにはイスキアが何かを計画しているのがわかった。イスキアは暗い水中をじっと見おろしている。

「寄越《よこ》せ！」コーネリアの金切り声が広い空間に響《ひび》きわたった。

ウィリアムは水底に何かを見つけた。小さな光の点。光の点は近づいてきて、大きくなってくる。

「ほら」イスキアは手に持っていたものをコーネリアに放り投げた。

コーネリアは両手を伸《の》ばして潜水艦《せんすいかん》に駆《か》け寄《よ》っていく。岸のぎりぎりのところで止まり、イスキアが投げたものをキャッチした。

コーネリアは潜水艦《せんすいかん》の古い無線機を両手で抱《かか》えていた。ウィリアムがエマを呼《よ》ぶのに使った、あの無線機だ。

「無線機?」コーネリアはイスキアを見あげた。「なぜ無線機を?」その顔は怒《いか》りにゆがんでいる。コーネリアは機械仕掛《じか》けの手をイスキアに向けると、ビビッという大きな音とともにビームを発射《はっしゃ》した。イスキアはかがんで身をかわし、ビームは潜水艦《せんすいかん》を通り過《す》ぎて天井に命中した。

第三十九章　支配された体

「こうなったら……」コーネリアはかん高い声で言いかけたが、最後まで言う前に、水の中から巨大《きょだい》な触手《しょくしゅ》が突《つ》きだされ、彼女《かのじょ》をつかんだ。触手《しょくしゅ》はコーネリアを空中高く持ちあげた。コーネリアは悲鳴をあげ、無線機が水中に落ちると、おびただしい火花が雲のように飛び散った。触手《しょくしゅ》はコーネリアを連れて、水中に消えていく。電気を通した水の中に落下し、コーネリアは金切り声をあげた。ピクピクと激《はげ》しく体を痙攣《けいれん》させ、やがてぐったりなる。触手《しょくしゅ》はコーネリアを放し、深海へ静かに潜《もぐ》っていった。

ウィリアムとイスキアはショックに固まり、水面に浮《う》きあがってきた生気の抜《ぬ》けた体を見つめていた。

ウィリアムの脚《あし》が震《ふる》えていた。イスキアはもう潜水艦《せんすいかん》の外のはしごを降《お》りてきている。潜水艦《せんすいかん》から降《お》りると、イスキアはウィリアムのほうを向いて、ささやいた。

「彼女《かのじょ》は……それか、彼《かれ》は、ついに死んだんだと思う？」

「うん」ウィリアムは真剣《しんけん》な顔で答えた。

目の前に浮《う》いているのは、本当はコーネリア・ストラングラーだとわかっていた。彼女《かのじょ》はゴッフマンの体を支配《しはい》し、ふたりとも究極の犠牲《ぎせい》を払《はら》うことになったのだ。

第四十章

尾行者《びこうしゃ》

ウィリアムとイスキアはビッグベンの外に立っている。背後《はいご》にある時計塔《とけいとう》のドアは縮《ちぢ》んで消えていた。

ピラミッドはウィリアムのジャンパーの下に隠《かく》してある。あたりを車や忙《いそが》しそうな人たちが大勢《おおぜい》行き交っている。誰《だれ》ひとりウィリアムとイスキアに気づいていないようだ。

ウィリアムは塔《とう》のてっぺんの文字盤《もじばん》を見あげた。

「時計がまた動いてる」ウィリアムは笑みを浮《う》かべた。

いま、イスキアは時計のことには気が回らないようだ。ふたりの前の何かをじっと見つめている。

「あそこにいるのは誰《だれ》?」イスキアは人ごみを指さした。

野球帽《やきゅうぼう》に青いダウンジャケットというでたちの男が見えた。野球帽《やきゅうぼう》で顔が影《かげ》になっているが、こっちを見ているようだ。

第四十章　尾行者

「行こう」ウィリアムはイスキアの手を引いた。「誰《だれ》かに見つかった」

ふたりは柵《さく》を乗り越《こ》え、人ごみをかきわけて進んだ。ウィリアムはふり返り、あとをつけられていないか確《たし》かめたが、男の姿《すがた》は見えなかった。あの人はどこにでもいるただの観光客で、フェンスで囲《かこ》まれた場所に入っているふたりの子どもに、たまたま気づいただけなのかもしれない。

とにかく、オービュレーターを持って研究所に帰る方法を考えるため、計画を立てられる安全な場所を探《さが》す必要があった。

数分後、ふたりはウィンストン・チャーチルの大きな銅像《どうぞう》の後ろに立っていた。このあたりは人が少なく、ひと息つくことができた。苦労しながら重い金属製《きんぞくせい》のピラミッドを大事に守りつつ人をかわしながら歩いてきたせいで、ウィリアムは顔に汗《あせ》をダラダラかいていた。

「あの人、まだついてきてる」イスキアは来た方角を顎《あご》でしゃくってみせた。

男はまっすぐこっちへ近づいてきている。ふたりを追ってきているのは、もう疑《うたが》いようがない。

ふたりは走って通りをわたった。

「あそこ！」イスキアは通りの端《はし》の並木《なみき》を指さした。

ウィリアムはチラチラと後ろをふり返りながら走った。男はすばやく移動《いどう》しながら、まだふたりを追いかけてきている。

ウィリアムとイスキアは道路に飛びだした。車が一台、クラクションを鳴らして、ふたりを轢《ひ》かないようよけていく。ウィリアムたちは錬鉄製《れんてつせい》の低いフェンスを跳《と》び越《こ》えて公園に入り、舗装《ほそう》された小道を走っていき、二羽の白鳥がまどろんでいる大きな池をめざした。

「あっちへ！」イスキアが言った。

ほどなく、ふたりは高い木々《きぎ》と生い茂《しげ》った低木に周りを囲《かこ》まれていた。草木を通して街の喧《けん》噪《そう》が漏《も》れきこえてくる。

「のぼろう」ウィリアムは大きな木の枝《えだ》をつかみ、のぼりはじめた。

ふたりより前にこの木にのぼってきた何千人という子どもたちの手によって、樹皮《じゅひ》がすり減《へ》っていた。けれど、ウィリアムとイスキアは遊ぶためにのぼっているのではない。隠《かく》れるためだ。

すぐにふたりの姿《すがた》は木の葉でほとんど隠《かく》れたが、背後《はいご》で物音がして、ウィリアムはぎくっとした。ふたりが腰《こし》かけている枝《えだ》を一匹《ぴき》のリスが跳《は》ねながら進んでいき、近くの別の枝《えだ》に飛び移《うつ》った。リスはそこに落ち着き、ふたりを不思議そうに見つめながら、木の実をかじりはじめた。

「見つかっちゃうかな？」イスキアがヒソヒソ言った。

ウィリアムは地面を見おろした。追いかけてきているのが誰《だれ》だとしても、そう簡単《かんたん》にはあきらめないだろうという気がしていた。

生《お》い茂《しげ》った灌木《かんぼく》がガサガサいって、男の姿《すがた》が見えた。男はふたりがのぼっている木のところまでやって来て、真下で立ち止まった。まるでふたりがそこにいることを知っているみたいだ。

ウィリアムは息を詰《つ》めた。ここ数日に起きたすべての出来事を思い返した。いま、あのピラミッドを誰《だれ》かに奪《うば》われるわけにはいかない。

ウィリアムは食欲《しょくよく》をなくしたらしいリスを見やった。反応《はんのう》を確《たし》かめようとしているみたいに、リスはウィリアムを見つめ返しているようだった。そのあとで、リスは持っていた木の実を、木の下の男に向かってまっすぐ落とした。

すべてがスローモーションに見えた。木の実は下にいる男のほうへとゆっくり落ちていく。木の実は男に当たらないだろう、とウィリアムは一瞬《いっしゅん》思ったが、違《ちが》った。木の実は一本の枝《えだ》をかすめて進路を変え、男の野球帽《やきゅうぼう》に命中した。

男は頭を後ろにそらし、ふたりを見あげた。いきなり、ウィリアムはオートパイロットで操《そう》作《さ》されているみたいになった。ジャンパーからピラミッドを引っぱりだし、イスキアに預《あず》けると、下にいる男めがけて木の枝《えだ》から飛び降《お》りた。

男はよけようとしたが、手遅《ておく》れだった。

ウィリアムは全力で体当たりし、ふたりそろって地面に倒《たお》れた。

ウィリアムは男に馬乗りになっていた。イスキアがオービュレーターを持って逃《に》げられるよう、男を押《お》さえつけておかなければならない。

「イスキア、逃《に》げろ」ウィリアムはさけんだ。「逃《に》げろ！」

イスキアが木から降《お》りてきて、横に立つのがきこえた。

「ウィリアム」とつぜん、下から声がした。「どいてくれ！」ウィリアムは見おろした。どうしてこの男はロボットみたいなしゃべり方をするんだろう？

ウィリアムは上体を起こした。「ぼくを知ってるのか？」

「もちろんだ。私《わたし》を立たせてくれないか？」男は言った。

ウィリアムは男の帽子《ぼうし》をはずし、その下に隠《かく》れていたものを見てハッとした。見てすぐにわかった。ゴッフマンがスラッパートン先生から奪《うば》ったロボット、ピラミッドの暗号を解読《かいどく》させようとしていたクリプト・アナイアレイター。スラッパートン先生がおじいちゃんを搭載《とうさい》したクリプトボットだ。

ウィリアムは身じろぎもしなかった。まだこのロボットを自由にするつもりはなかった。

「なんでぼくたちをつけていたんだ？」

「私《わたし》だよ」クリプトボットは言った。「おじいちゃんだ」

第四十一章

誤報《ごほう》センター再び

ウィリアムはおじいちゃん――ロボットのおじいちゃん――とイスキアにはさまれて、赤いロンドンバスの二階席に座《すわ》っている。地下の貯水池《ちょすいち》で起きたことを思うと、こんなふうに普通《ふつう》にバスに乗っているのは不思議な感じがした。くすぶっているバスの残骸《ざんがい》から伝わる熱さがいまでも感じられる気がする。

ウィリアムはおじいちゃんからなかなか目をそらせずにいた。

「誰《だれ》かがゴッフマンの遺体《いたい》を回収《かいしゅう》して、あの場所を片付《かたづ》けるだろう。彼《かれ》には立派《りっぱ》な葬儀《そうぎ》を挙げてやらんとな」おじいちゃんは言った。

ウィリアムはうなずいた。三人はしばらくのあいだ無言でいた。

「その姿《すがた》で誰《だれ》にも騒《さわ》がれずに歩き回れるなんて、不思議ね」イスキアが口を開いた。

「ここはロンドンだからな。この程度《ていど》だと、誰《だれ》も見向きはしない」ロボットのおじいちゃんは言った。

第四十一章　誤報センター再び

ウィリアムはピラミッドを見おろした。いまはまた、ジャンパーの中に大事にしまってある。

「できるだけ早く、これを研究所に持ち帰らないと」

おじいちゃんは何か言いたいことがあるのに、どう言ったものか迷《まよ》っているようだ。

「悪い知らせがある」おじいちゃんはウィリアムの顔を見つめて言った。

「何？」

「研究所のことだ」

「それで？」ウィリアムは不安を抱《かか》えながら、話の続きを待った。

「あそこには戻《もど》れない。研究所は廃墟《はいきょ》になっている。新旧《しんきゅう》ロボットの戦いによって倒壊《とうかい》した。それにゴッフマンが――つまり、コーネリアのことだが――、おまえたちふたりのあとを追う前に、完全に破壊《はかい》し尽《つ》くしていったのだ」

三人はしばし黙《だま》り込《こ》んだ。ウィリアムは虚空《こくう》を見つめていた。信じられない。本当に研究所はなくなってしまったのか？

「我々《われわれ》は〈誤報《ごほう》センター〉と提携《ていけい》することを決めた。ベンジャミンが所長を引き継《つ》ぎ、すべてを秘密《ひみつ》の場所に移動《いどう》させることにした。地下に潜《もぐ》る必要があるからな」おじいちゃんは話を続けた。

「じゃあ、これからどうするの？」ウィリアムはジャンパーを見おろした。「オービュレーターをどこか安全なところに保管《ほかん》しないと」

「そうだな。だからこそ、ここにいるんだ」おじいちゃんは言った。

少しして、三人は歩道に立ち、走り去るバスを見送った。

「行こう」おじいちゃんは歩きだした。

「どこに行くの？」ウィリアムはたずねた。

「安全な場所に。おまえも前に行ったことがあるぞ」

「ぼくが？」ウィリアムはイスキアを見たけれど、イスキアは肩《かた》をすくめただけだ。

おじいちゃんは往来《おうらい》の激《はげ》しい大通りをそれて、ごみ箱や人々《ひとびと》が捨《す》てた廃棄物《はいきぶつ》でいっぱいの細い脇道《わきみち》に入った。

おじいちゃんは周囲《しゅうい》をうかがってから、頭を低くして大きな緑色の輸送《ゆそう》コンテナの後ろを進んだ。ウィリアムとイスキアもあとに続いた。おじいちゃんはあるマンホールの蓋《ふた》の前で止まった。

「見張《みは》りを頼《たの》む」おじいちゃんはうずくまった。「誰《だれ》か来たら知らせてくれ」

おじいちゃんは上着のポケットから古びた鍵《かぎ》を取りだすと、マンホールの蓋《ふた》に刻《きざ》まれた模様《もよう》

第四十一章　誤報センター再び

の上に金属《きんぞく》の指を走らせて、ぱっと見たところひび割《わ》れのようなものに触《ふ》れて手を止めた。

おじいちゃんはそのひび割《わ》れに鍵《かぎ》を挿《さ》し、ひねった。カチッとかすかな音が蓋《ふた》の内側からきこえてきた。おじいちゃんは立ちあがり、二、三歩あとずさりした。

マンホールの蓋《ふた》がガクンとなり、こすれてきしみを立てながら暗闇《くらやみ》の下に引きおろされて見えなくなる。きしむ音は小さくなっていき、代わりに遠い雑音《ざつおん》がきこえてきた。

雑音《ざつおん》は次第に大きくなり、ピカピカの金属《きんぞく》でできた管《くだ》がマンホールの穴《あな》から上昇《じょうしょう》してきた。

おじいちゃんは管《くだ》に近づくと、コントロールパネルに暗証番号《あんしょうばんごう》を入力した。金属音《きんぞくおん》を響《ひび》かせて、ドアが開いた。

「行くぞ」おじいちゃんは管《くだ》の中に入った。

「お先にどうぞ」ウィリアムはイスキアにうなずいてみせた。

イスキアも管《くだ》の中に姿《すがた》を消した。ウィリアムも中に入ると、ドアがすっと閉《し》まり、三人は猛《もう》烈《れつ》なスピードでヒューッと落ちていく。

ウィリアムは管《くだ》がぐるぐる回転したり上下したりしているのを感じた。まるでジェットコースターに乗っているようだ。ただし、ずっと速い。

三人は急に止まった。ドアが開き、まぶしい光がいっぱいに射《さ》し込《こ》んでくる。

おじいちゃんはウィリアムとイスキアをすぐ後ろに従《したが》えて出ていった。

「ようこそ」陽気な女性《じょせい》の声がした。

宙《ちゅう》に浮《う》くエアクッションの上に据《す》えつけられたゴルフカートのようなものに乗って、大柄《おおがら》な丸々《まるまる》した女性《じょせい》が近づいてきている。女性《じょせい》は黒いサングラスをかけていて、二本のワイヤーがサングラスの両脇《りょうわき》から頭へと伸《の》びている。ウィリアムには相手が誰《だれ》だかすぐにわかった。おじいちゃんの言ったとおり、ここには前にも来たことがある。

近づいてきた女性《じょせい》は、ウェルクロウ先生だった。〈誤報《ごほう》センター〉の代表を務《つと》めている。ここは、ヴィクトリア駅の地下深くに隠《かく》された秘密《ひみつ》のトンネルにおじいちゃんを捜《さが》しにいったとき、ウィリアムとゴッフマン、スラッパートン先生が身を潜《ひそ》めていた場所だ。いまとなっては、ずいぶんと遠い昔のことに思える。あれからいろいろなことがありすぎた。

カートは三人のすぐ手前で止まった。ウェルクロウ先生は満面の笑みを浮《う》かべている。

「手に入れたの？　オービュレーターを」先生はたずねた。

ウィリアムが見ると、おじいちゃんはうなずいた。

「ここにあります」ウィリアムはジャンパーを指さした。

「すばらしい」ウェルクロウ先生は満足そうに手を叩《たた》いた。「そこにしまって」先生はそう言って、車輪を回転させてウィリアムのほうへ近づいてきた何かを指さした。ロボット金庫みたいだ。

それはウィリアムのすぐ前で止まり、上部のハッチが開いた。

「そこに入れておけば安全よ」と先生は話した。

ウィリアムはジャンパーの下からオービュレーターを取りだすと、しげしげながめた。これを手に入れるために経験《けいけん》してきたことを思うと、手放すのは複雑《ふくざつ》な気分だ。

「またすぐ取り戻《もど》せる。なんといっても、それを使えるのはおまえだけなのだからな」おじいちゃんが言った。

ウィリアムはオービュレーターを金庫の中にそっと置いた。ハッチが閉《し》まり、金庫は走り去った。

オービュレーターを手放したことで、一気に肩《かた》の力が抜《ぬ》けるのを感じた。これまでに起きた出来事もいっしょに手放したかのようだった。

「こちらでしっかり保管《ほかん》しておくわね」ウェルクロウ先生はにっこりした。「ここ〈誤報《ごほう》センター〉の優《すぐ》れているところを挙げるとすれば、秘密《ひみつ》を守ることだから」

ウィリアムはうなずき、イスキアを見やった。イスキアはほほえみかけてきた。勝利に目を輝《かがや》かせている。

「ウィリアム」ふいに、ききおぼえのある声がした。

スラッパートン先生がずんずん近づいてきて、ウィリアムに何か言う間も与《あた》えず、がしっと力いっぱいハグをして抱《だ》きあげた。

「本当のところ、きみたちふたりに二度と会えなくなるかもしれないと少し不安だったんだ」先生は言い、ウィリアムをおろした。今度はイスキアのほうに近づいていき、彼女《かのじょ》もハグした。

そのあと、スラッパートン先生は真剣《しんけん》な顔になった。「じゃあ、研究所がどうなったかは、もうきいたんだな?」

「私《わたし》が話したよ」おじいちゃんが言った。

「だったら、我々《われわれ》は地下に潜《もぐ》り、〈ポスト・ヒューマン研究所〉と〈誤報《ごほう》センター〉が連携《れんけい》することになっているのも知っているね?」

ウィリアムとイスキアはうなずいた。

「きっと最高だぞ」スラッパートン先生はそう言って、ウェルクロウ先生を見た。ウェルクロウ先生はほほえんで両手を叩《たた》いた。その音は部屋いっぱいに響《ひび》きわたった。

第四十二章
家族の食卓《しょくたく》

ウィリアムは自分の部屋のドアを閉《し》め、新しく置いた机《つくえ》のところまで歩いていく。

昨日ロンドンから帰ってきて、まだ家具を組み立てている途中《とちゅう》だった。

「食事の時間よ！」階下のキッチンから母さんが呼《よ》びかけてくる。

「すぐ行く！」と返事して、ウィリアムは新しい椅子《いす》に腰《こし》かけた。

最後にもう一度だけ、引き出しに入っているものを見ておきたかった。

それはいまもちゃんとあった。〈誤報《ごほう》センター〉を出ていく直前に、スラッパートン先生からもらった箱だ。ブラシで研磨《けんま》された金属《きんぞく》でできていて、靴箱《くつばこ》ぐらいの大きさだ。その蓋《ふた》には、九つの数字が書かれた光るボタンがついている。

ウィリアムは引き出しから箱を取りだし、机《つくえ》の上に置いた。暗証番号《あんしょうばんごう》を入力すると、電子音とともに蓋《ふた》が開いた。

ウィリアムは中身を取りだすと、両手で持っているものをじっと見つめた。

オーブだ。

自分のオーブ。

〈ポスト・ヒューマン研究所〉を初めて訪《おとず》れたときにもらったオーブだ。

ウィリアムはオーブの表面に刻《きざ》まれたあらゆるシンボルに指を走らせた。

「料理が冷めちゃうわよ！」母さんがキッチンから声をかけてきた。

ウィリアムはオーブを箱に戻《もど》し、蓋《ふた》をまた閉《し》めた。これが机《つくえ》の引き出しに入っていると思うだけで安心できた。

ウィリアムは階下に降《お》りていき、リビングルームの真ん中で父さんが床《ゆか》を這《は》いまわっているのを見て、立ち止まった。父さんは頭をぽりぽり掻《か》きながら、本棚《ほんだな》になるはずの部品をあれこれ動かしている。

「まだやってるのか？」ロボットの声が問いかけた。

ロボットのおじいちゃんが部屋に入ってきた。大きなロボットの体がフローリングの上でガチャンガチャンと音を立てた。機械工のオーバーオールを着て、片手《かたて》に工具箱を持っている。

父さんは返事をしなかった。さらに頭を掻《か》いて、部品をいじっている。

「二階の戸棚《とだな》はぜんぶ終わらせたぞ。そこの部品のねじをはずして、あっちに取りつけたらどうだ？」おじいちゃんは言った。

「だめだ」父さんはおじいちゃんにいらだたしそうな顔をしてみせた。「もうそれはやってみたんだ。だから違《ちが》う」

父さんはぶっきらぼうな言い方をしようとしていた。だけど、本人に面と向かってはっきり言わなくても、父さんはおじいちゃんが戻《もど》ってきたことに大喜《おおよろこ》びしているのだと、ウィリアムにはわかっていた。

「**食事よ！**」母さんがまた大声をだした。

「わかった……わかったよ！」父さんは説明書をわきに放った。

父さんは立ちあがり、キッチンへ向かった。おじいちゃんは床《ゆか》の上のさまざまな部品をじっと見つめている。

母さんが戸口に現《あらわ》れた。

「ウィリアム」母さんはへらでウィリアムをさしながら言った。「ご飯の時間よ。おじいちゃんもね」と言って、おじいちゃんにもへらを向けた。

「私《わたし》はロボットだよ。食べる必要はない」

「とにかく、いっしょに食卓《しょくたく》についてちょうだい。お行儀《ぎょうぎ》よく！」母さんはきっぱり言った。

おじいちゃんはドライバーを置いて、キッチンにドスドスと入っていった。

「イスキア！」母さんが呼《よ》びかけた。

「いま行く！」イスキアがリビングに駆《か》け込《こ》んでくる。

「行こうか」とウィリアムに笑いかけ、キッチンに入った。

研究所はイスキアにとっては家だった。その研究所が破壊《はかい》されて、イスキアは住むところがどこにもなくなってしまった。〈誤報《ごほう》センター〉で暮《く》らしてもよかったのだが、ウィリアムの両親は家でいっしょに住むようにと言ってきかなかった。

ウィリアムはキッチンの戸口で立ち止まり、両親、ロボットのおじいちゃん、そしてイスキアが、みんなで食卓《しょくたく》を囲《かこ》んでいる様子をながめた。

どこにでもいる普通《ふつう》の家族とほとんど変わらないように見えた。

そう、ほとんど。

著者

ボビー・ピアーズ　BOBBIE PEERS

1974年生まれ。1999年にロンドン･･フィルム・スクールを卒業後、監督、脚本家、イラストレーターとして幅広く活躍。2006年に初めて監督・脚本を手がけた短編映画 "Sniffer" は、カンヌ国際映画祭のパルム・ドールを獲得した。2015年には長編映画 "Dirk Ohm-Illusjonisten som forsvant" の監督も務めている。同年に小説デビュー作となる『ウィリアム・ウェントン1　世界一の暗号解読者』(William Wenton and the Luridium Thief) を発表。少年とロボットの活躍を生き生きと描き、新しい冒険シリーズの始まりとして高い評価を受けた。ノルウェー本国では、子どもが選ぶ《Ark's Children's Book Award》や《Book of the Year》などさまざまな賞を受賞し、米国でも《Parents' Choice Award》の推薦作品に選ばれており、子どもが読みたい本、親が子どもに読ませたい本として、多くの支持を集めている。37の国と地域に版権が売れており、映像化権も取得されている。

訳者

堀川志野舞（ほりかわ・しのぶ）

横浜市立大学国際文化学部卒。英米文学翻訳家。おもな訳書に『ハリー・ポッター シネマ・ピクチャーガイド』(静山社)、『マーク・トウェイン ショートセレクション 百万ポンド紙幣』(理論社)、『図書館は逃走中』(早川書房)、『愛は戦渦を駆け抜けて』(角川書店)、〈フェアリー・ガールズ〉シリーズ (ポプラ社)、『無限の宇宙　ホーキング博士とわたしの旅』(静山社) などがある。

ウィリアム・ウェントン3
ピラミッドの暗号

著者　ボビー・ピアーズ
訳者　堀川志野舞

2020年9月8日　第1刷発行

発行者　松岡佑子
発行所　株式会社静山社
〒102－0073　東京都千代田区九段北1－15－15
電話・営業　03－5210－7221
https://www.sayzansha.com

装丁　藤田知子
装画　カガヤケイ
組版　アジュール
印刷・製本　中央精版印刷株式会社

本書の無断複写複製は著作権法により例外を除き禁じられています。
また、私的使用以外のいかなる電子的複写複製も認められておりません。
落丁・乱丁の場合はお取り替えいたします。
Japanese Text ©Shinobu Horikawa 2020
Published by Say-zan-sha Publications, Ltd.
ISBN978-4-86389-579-9 Printed in Japan

ウィリアム・ウェントン

ボビー・ピアーズ　堀川志野舞＝訳

1 世界一の暗号解読者

ウィリアムは、世界でもっとも難解なパズルを解いた直後、何者かに襲撃される。ウィリアムを追う者の正体は？　その目的は？　謎と冒険が繰り広げられる。

2 秘密の入り口への暗号

ウィリアムは暗号解読の最中、発作に見舞われる。再び訪れた研究所は、なぜか警戒態勢が敷かれていた。そして、機械の手をもつ謎の女が襲いかかってきた。